Manfred Stockbauer

Verbotene Gefühle hinter Klostermauern

Bibliographische Information der Deutschen Nationalbibliothek:
Die Deutsche Nationalbibliothek verzeichnet diese Publikation in der Deutschen
Nationalbibliographie. Detaillierte bibliographische Daten sind im Internet über
http://www.d-nb.de abrufbar.
ISBN 978-3-85022-199-3

Alle Rechte der Verbreitung, auch durch Film, Funk und Fernsehen, fotomechanische
Wiedergabe, Tonträger, elektronische Datenträger und auszugsweisen Nachdruck, sind
vorbehalten.

© 2008 novum Verlag GmbH, Neckenmarkt · Wien · München
Layout: hps-Satz, Weilerswist
Lektorat: Mag. Evelyn Fux
Printed in the European Union

Gedruckt auf umweltfreundlichem, chlor- und säurefrei gebleichtem Papier.

www.novumverlag.com

*E*s war wieder einer dieser verregneten Sommertage im Mai. Der Wind strich über die Wiesen und peitschte den Regen gegen die Fensterscheiben. Hinter dem halb zugezogenen Vorhang stand Thomas, wie schon an so manch einem Morgen davor. Wenn man von draußen durch das Fenster schaute, an dem der Regen die Scheiben runterlief, sah man nicht, dass auch Tränen auf seinen Wangen standen. Wie schon so oft, starrte er auch an diesem Morgen wieder über die Felder. Sah dabei nicht den kleinen Bach, der sich schlangenförmig in die am Feld angrenzende Waldlichtung verzog. Er hatte in den tränengefüllten Augen wieder diesen leeren und doch nachdenklichen Blick, der die letzten Jahre wie einen kleinen Spielfilm an ihm vorbeiziehen ließ.

Hand in Hand ging er mit der Frau durch die Straßen seiner Stadt und hatte dabei das Gefühl, dass nichts größer sein könnte als diese Liebe. Paula war eine Frau, die all das verkörperte, was Thomas sich von einer Partnerin erhoffte. Intelligent, humorvoll, eine aufsteigende Berufskarriere vor Augen und diese gewisse erotische Ausstrahlung. Es war immer wieder blindes Verständnis, wenn sie einander trafen und gemeinsam durch so manchen zufriedenen Tag zogen. Da war die Geborgenheit, sich im Wohnzimmer auf die Couch fallen zu lassen und sich ganz seinen Gefühlen hinzugeben. Es waren dabei immer die gleichen Momente, an die er dachte.

An die Tage im Sommerurlaub oder wenn sie sich gegenüber standen und sich dabei tief und verliebt in die Augen sahen.

Doch warum war da plötzlich dieser Morgen? Einer, an dem er beim Frühstück merkte, dass dieses Kribbeln, das er sonst ihr gegenüber hatte, wie weggeblasen war?

Selbst beim Kuss, den er ihr wie jeden Morgen, bevor er zu Arbeit ging, gab, spürte er nicht mehr diesen Knall, der ihm wie früher immer dieses Gefühl von unendlicher Liebe gab.

Auch die sonst so üblichen Gedanken an diesen Menschen während des Tages waren plötzlich wie verschwunden. Sogar das Telefongespräch, das sie einmal pro Tag führten, blieb plötzlich aus. Die früher am Abend so gern geführte und vertraute Unterhaltung beschränkte sich nur noch auf das Allernötigste. Diese einst so unzerbrechliche Liebe hatte nicht mehr dieses Feuer, das am Anfang unmöglich zu löschen war.

Wieder glitt eine Träne über seine Wangen, als er sich diese Momente mit Paula vor Augen hielt.

Er stellte sich oft und immer wieder die gleiche Frage. Warum? Es war doch Liebe, so wie man sie nur aus einer dieser Hollywood-Filme kannte, in denen sich das Happyend schon durch den ganzen Film zog.

Als Paula das endgültige Aus der Beziehung suchte, fiel Thomas in ein tiefes Loch, obwohl er es doch war, der das Feuer der Liebe nicht mehr spürte und es schließlich zum Erlöschen brachte.

Und was ihm am meisten Kopfzerbrechen machte: Wieder ging eine Beziehung in die Brüche, von der er glaubte, sie würde ewig halten.

Oder die Beziehung mit Doris, einer Verkäuferin aus dem Supermarkt, in der er vor Jahren die große Liebe gefunden zu haben glaubte. Sie war die Frau, mit der das Wort Familie plötzlich sogar bei ihm an oberster Stelle stand.

Gerne erinnerte er sich noch an die Zeit, in der sie gemeinsam die Wohnung einrichteten.

Als sie abends nur auf einer Decke am Wohnzimmerboden so manche schönen Stunden im Kerzenschein verbrachten. Eine nie mehr endende Liebesbeziehung, so glaubte er auch damals.

Doch was war nun?

Warum plötzlich diese seelische und körperliche Trägheit? Und dann war da noch diese irrsinnige und kaum zu ertragende Leere in ihm, die ihn saft- und kraftlos zusammensacken ließ.

Er zog sich wie eine Schnecke in sein Haus zurück und haderte mit sich selbst. Tag und Nacht dieses Selbstmitleid und die anhaltenden Gedanken an diese Frau. Jetzt kam wieder dieses Verlangen nach Geborgenheit, Zärtlichkeit und Liebe. All das, was er eigentlich schon hatte und gar nicht mehr hätte loslassen müssen!

Als er am nächsten Tag aufwachte, verspürte er auf einmal dieses Verlangen, das er lange vorher nicht mehr gekannt hatte: das Verlangen zu beten. Beten?

Dieser Gedanke ging ihm nicht mehr aus dem Kopf. Und so stand er auf, ging ins Bad und machte sich anschließend ein Fünf-Minuten-Singlefrühstück. Es bestand, wie schon die letzten Tage auch, aus einem Früchtetee und einem Stück trockenem Brot.

Noch während er zu Tisch saß, hatte er die Gedanken, mit Gott zu reden, in seinem Kopf. Aber wie sollte ihm ausgerechnet dieser vor zweitausend Jahren ans Kreuz genagelte Messias helfen? Er glaubte plötzlich, selber schon verrückt geworden zu sein.

Doch dieses Verlangen wurde zu groß, als dass er es sich jetzt noch einmal anders hätte überlegen können. Also schnappte er sich seine Jacke, ging aus dem Haus und fuhr mit seinem schon in die Jahre gekommenen Auto ins Dorf zur Kirche.

Zehn Minuten später stand er vor dem schwarzen, mit etlichen Roststellen versehenen Gittertor. Der Eingang zum Friedhof. Mit jedem Schritt, den er über den mit Kieselsteinen übersäten Weg zur Kirchentür ging, klopfte sein Herz immer heftiger.

Er zog die sehr große, aus Eichenholz gebaute Tür auf und ein mit Weihrauch durchzogener Luftzug wehte ihm ins Gesicht. Obwohl niemand in der Kirche war, ging er auf leisen Sohlen an den Sitzbänken vorbei und vor zum Altar. Unter dem großen Holzkreuz, an dem der Herrgott in Lebensgröße hing, blieb er stehen. Er machte ein ziemlich überhastetes Kreuz und blickte nach oben. „Hallo", kam es leise über seine ausgetrockneten Lippen. „Ich weiß nicht, ob ich bei dir richtig bin, aber ich habe einen Punkt erreicht, an dem ich nicht mehr weiterweiß."

Er setzte sich auf die vorderste Kirchenbank und begann damit, sich all seinen Kummer und Frust von der Seele zu reden. Mit jedem Kapitel seines Lebens, das er dem von der Decke hängenden Kreuz erzählte, wurde ihm leichter und er merkte, wie er sich innerlich wieder aufrichtete.

Er kam sich vor wie Don Camillo, der in seinen Filmen ebenfalls mit dem Herrn sprach, als wäre dieser leibhaftig in der Kirche.

Es kamen ihm Dinge über die Lippen, über die er nie gedacht hätte, mal zu reden. Es war so, als hätte er gerade seinen besten Freund getroffen, dem er alles erzählen musste.

Stillschweigend saß er nach Beendigung seiner Unterredung mit Gott auf der Bank und blickte hoch zum Kreuz. Dieses Gefühl von Erleichterung und Zufriedenheit hatte er schon lange nicht mehr empfunden.

„Danke fürs Zuhören", sagte er und machte diesmal bewusst ein sehr langsames Kreuz auf die Stirn.

Er stand auf und ging sehr nachdenklich den breiten Kirchengang entlang zur Tür. Er drehte sich noch einmal kurz um, schüttelte leicht den Kopf und verließ die Kirche.

Seit Thomas vor zwei Tagen in der Kirche war, um sich seinen Frust von der Seele zu reden, merkte er, dass irgendetwas mit ihm passiert war. Er sah all diese Dinge, die ihn vorher belastet hatten, plötzlich ganz leicht und unbeschwert. Wenn er am Abend alleine auf der Couch lag, dann war da nicht mehr dieses Gefühl von Traurigkeit und Verlassenheit. Im Gegenteil, da war plötzlich jemand bei ihm, den er zwar spüren, aber nicht sehen konnte.

Es war Freitagabend, als das Telefon klingelte und ein Freund anrief und fragte, ob er morgen mit ihnen ausgehen wollte.

Ohne lange zu überlegen, sagte er spontan zu.

Er war lange nicht mehr unterwegs gewesen seit der Trennung von Paula und freute sich daher riesig, wieder mal mit Freunden loszuziehen.

Am nächsten Abend schon saß er mit Tom, Alex und Tina in einer Kneipe in der Stadt und trank genüsslich ein Pils. „Sieh doch mal die Blonde da drüben an der Bar", sagte Tom, „die wär doch was für dich."

„Nein, die ist mir zu groß und gefällt mir auch vom Gesicht her nicht."

„Spinnst du", meinte Tina, „die ist doch echt süß."

Thomas wusste selber nicht, was mit ihm los war. Einer solchen Frau hätte er früher den ganzen Abend den Hof gemacht. „Was hältst du von der Kleinen am Tisch hinter der Säule? Die lächelt auch ab und zu in unsere Richtung rüber", fragte ihn Alex. Aber er winkte nur ab und trank ganz gelassen aus seinem Glas. Er zuckte ganz kurz zusammen, als er zur Tür schaute und Paula plötzlich in die Kneipe kommen sah. „Bleib ganz ruhig", sagte Tina und schickte ihr mit einer Handbewegung einen Gruß zu. Das Komische an der Sache war, dass Thomas extrem ruhig blieb, ja fast schon mit einem völlig gleichgültigen Gefühl. Er verstand die Welt selber nicht mehr. Im Lokal wimmelte es nur so von hübschen Mädchen, aber keines davon konnte sein Interesse wecken. „Bist du seit neuestem schwul geworden?", flüsterte Alex mit einem verschmitzten Lächeln Thomas entgegen. „Logisch", erwiderte dieser, „echte Liebe gibt es nur unter Männern."

Alex nahm die Antwort kaum noch wahr und schaltete sich wieder in das Gespräch zwischen Tom und Tina ein.

Aber Thomas merkte selber, dass irgendetwas mit ihm nicht stimmte. Er hatte auch keine Lust mehr, noch länger in der verrauchten Kneipe rumzuhängen und verabschiedete sich kurz und bündig von den anderen. Kaum draußen, dachte er über sein Verhalten den anderen und den Mädchen gegenüber nach. Warum war er trotz dieser völligen Gleichgültigkeit so zufrieden?

Er merkte gar nicht, dass er schon total nass war, denn es regnete. Plötzlich fiel ihm ein, dass er dieses Gefühl hatte, seit er in der Kirche gewesen war und dieses Gespräch mit Gott geführt hatte.

Lange lag er in dieser Nacht noch wach und tausend Gedanken und Fragen gingen ihm durch den Kopf.

Sogar am Tag während der Arbeit hatte er hin und wieder Gelegenheit, um ein paar Minuten nachzudenken. Thomas arbeitete in der Gemeindeverwaltung seines Dorfes und war für den Fuhrpark des Bauhofes verantwortlich. Immer öfter verließ er die nächsten Tage seinen Schreibtisch, um sich im Pausenraum in aller Ruhe Gedanken darüber zu machen, was mit ihm los war.

Er blieb nun fast jeden Tag an der Kirche im Dorf stehen, machte ein Kreuz und fuhr wieder zufrieden weiter. Beinahe jedes Wochenende ging er nun in die Kirche, setzte sich alleine in eine Bank und redete mit Gott.

Immer mehr merkte er, wie er ausgeglichener und ruhiger wurde.

Es war Samstagabend, als er wieder mal auf der Couch lag und seine Gedanken Achterbahn fuhren. Wie würde es wohl sein, in einem Kloster zu leben? Dass er einmal an so etwas denken würde, hätte er im Traum nie gedacht. „Ins Kloster gehen?", fragte er sich selber. Und der Gedanke brachte ihn nicht einmal in Verlegenheit. Er musste unbedingt mehr wissen über das Leben hinter solchen Mauern.

Am nächsten Tag fuhr er gleich am Morgen zu einem nicht weit entfernten Kloster namens Engelszell. Schon während der Hinfahrt hatte er keinerlei Vorstellung davon, was er dort eigentlich machen sollte, denn das Verlangen war zu groß, um darüber nachzudenken.

Als Thomas in dem vierzig Kilometer entfernten Kloster ankam, parkte er sein Auto, stellte den Motor ab und verharrte für einige Minuten in seinem Wagen. Tausend Bilder von Klosterberichten, wie er sie nur aus dem Fernseher kannte, liefen plötzlich durch seinen Kopf.

Nach einer Weile stieg Thomas aus seinem Wagen und ging auf das große Eingangstor zu. Er wagte es nicht, die Tür aufzumachen, und ging wieder einen Schritt zurück. Langsam, ja fast schon ängstlich, ging er nun die Klostermauer entlang und streifte dabei immer wieder mit der Hand die kalten Mauersteine. Immer mehr stieg sein Verlangen, nicht hier draußen zu stehen, sondern auf der anderen Seite dieser mit Pilzen und Moos bedeckten Wand. Er vergaß jegliche Sorgen und Probleme, die er auf dieser Seite der Mauer hatte, und fühlte sich erleichtert und frei.

Wie ein Ruck durchzog es plötzlich seinen Körper und er wusste, es musste etwas geschehen. Zielstrebig und in flotten Schritten ging er zu seinem Fahrzeug, stieg ein und fuhr wieder Richtung Heimat.

Noch während der Fahrt hatte er den Gedanken, dass etwas geschehen müsste. Aber was genau? Dies fragte er sich die ganze Zeit, während er ziemlich unkonzentriert über die Landstraßen fuhr.

Zuhause angekommen machte er es sich auf der Couch gemütlich und begann seine Gedanken durchzublättern.

Auf was konnte er auf keinen Fall verzichten, wenn er in ein Kloster gehen würde? Diese Frage stellte Thomas sich immer wieder.

Das Allererste, was ihm sofort einfiel, war Sex. Aber den hatte er ja jetzt auch nicht und konnte damit leben. Die Freunde? „Nein", sagte er sich, „die hat man oder hat man nicht." Das größte Problem, das er jetzt noch sah, waren seine Eltern. Was würden die wohl dazu sagen, wenn der Sohn auf einmal mit dem Gedanken spielte, ins Kloster zu gehen?

Die Antwort seines Vaters wusste er bereits.

„Du bist ja verrückt!" Das wären genau seine Worte. Doch wie immer es auch sein würde, Thomas war fest entschlossen, sein Leben hier draußen abzubrechen und sich den Mönchen anzuschließen.

Es waren harte Tage, die Thomas über sich ergehen lassen musste, bis er zuhause alles geklärt hatte. Auch mit seiner Arbeit, seinen Freunden und dem schriftlichen Behördenverkehr hatte er alle Hände voll zu tun.

Ebenfalls musste auch das mit dem Kloster geklärt werden. Die wollten natürlich einiges wissen, bis sie die Zusage gaben, in ihr Reich eintreten zu dürfen.

Als Thomas seinen Koffer gepackt hatte und nur noch auf sein Taxi wartete, ging er noch einmal sehr in sich gekehrt draußen vor seiner Wohnung auf und ab.

„Du bist dir ganz sicher?" Das fragte er sich bei jedem Schritt. Als er dann das Taxi die Straße einbiegen sah, stand es für ihn fest. „Ja, ich bin mir sicher!", sagte er. Nahm seinen Koffer in die Hand und stieg ins Fahrzeug. Er wagte nur einen kurzen Blick aus dem Fenster, als sie durch das Dorf fuhren. Auf keinen Fall aber wollte er, dass seine Eltern oder Freunde da waren, um sich von ihm zu verabschieden, deshalb hatte er das schon die Tage davor gemacht. Während der Fahrt zum Bahnhof gingen ihm viele Gedanken durch den Kopf. Aber keiner davon war so gravierend, seine Fahrt kurzerhand abzubrechen und das Ganze wieder hinzuschmeißen. Nein, auf keinen Fall, er wollte in seinem Leben einen neuen, für ihn ganz unerforschten Weg einschlagen.

Am Bahnhof angekommen holte er sich sein bereits bestelltes Ticket und ging mit kleinen, aber entschlossenen Schritten Richtung Bahngleis 2. Hier sollte um 9.45 Uhr der Zug nach Marienkirchen pünktlich abfahren. Marienkirchen, ein kleines Dorf am Rande der Alpen. Hier stand seit mehr als zweihundert Jahren das Kloster Maria Hilf. Seit jeher wurde es von Klosterbrüdern geführt und verwaltet.

Als Thomas auf der Bank am Gleis 2 saß, beobachtete er die Menschen, die wie kleine Ameisen am Bahnhof hektisch auf und ab liefen.

Für einen Moment klopfte es in seinem Herzen, als sich auf der Bank gegenüber ein junges Pärchen niederließ. Total verliebt blickten sie sich in die Augen und küssten sich leidenschaftlich. Er nahm sich eine Zeitschrift aus dem Koffer, um seine Gedanken wieder in eine andere Richtung zu bringen.

Pünktlich wie geplant fuhr der Zug in den Bahnhof ein und blieb mit dem dritten Wagon genau vor Thomas stehen. Er nahm seinen Koffer, stieg ein und setzte sich in Fahrtrichtung in die fünfte Sitzreihe ans Fenster. Da der Zug noch ein paar Minuten bis zur Abfahrt hatte, stand er auf und öffnete das Fenster.

Es war ein eigenartiges Gefühl, das er hatte, als er sich am Fenster abstützte und den Bahnhof und seine Umgebung noch einmal genau betrachtete. Ein kleiner Ruck ging durch den ganzen Zug, als dieser die Bremsen löste und sich langsam in Bewegung setzte. Thomas konnte es nicht mehr verhindern, einer kleinen Träne auf seiner Wange freien Lauf zu lassen. Jedes Haus und jede Straße, an der sie aus dem Bahnhof vorbeifuhren, waren ihm einfach vertraut und er hatte das alles noch nie so bewusst gesehen wie in diesem Moment. Er schob das Fenster wieder nach oben und machte es sich auf der Sitzbank, soweit es ging, gemütlich. Um sich vom Anblick der ihm bekannten Umgebung abzulenken, schloss er seine Augen und ließ für einige Zeit seinen Gedanken freien Lauf.

Nach fünf Stunden und zweimaligem Umsteigen fuhr der Zug dann schließlich am Bahnhof von Bergesheim, einer kleinen Gemeinde fünfzehn Kilometer vor Marienkirchen, ein. Er zog seinen Koffer aus dem Gepäckfach über dem Sitz und verließ den Zug. Es war ein ziemlich kleiner Bahnhof. Er setzte den Koffer kurz ab, um sich seine Jacke anzuziehen. Irgendwie war es auch gemütlich und sehr ruhig. Jetzt musste er sich erkundigen, wie er am besten von hier aus zum Kloster nach Marienkirchen kam. Die Bahnhofshalle wirkte im Gegensatz zu anderen großen Bahnhöfen wie ein Wohnzimmer und der Schalterraum wie eine kleine Abstellkammer. Darin saß ein schon etwas älterer Herr, nur mit dem Nötigsten an Technik ausgestattet, um die Gäste zufrieden zu stellen. „Entschuldigen Sie", sagte Thomas über die schon ziemlich abgewetzte und angeschlagene Schaltertheke hinweg.

„Wie komme ich von hier aus am schnellsten nach Marienkirchen?" Der Mann hinter der Theke sah ihn musternd von oben bis unten an. Man merkte ihm an, dass es hier von Fremden nicht gerade so wimmelte. „Nach Marienkirchen wollen sie?", kam es dann endlich nach kurzem

Zögern über seine Lippen. „Sie können mit dem Bus um halb sechs fahren, aber wenn sie es sehr eilig haben, rufe ich ihnen gerne auch ein Taxi." Thomas überlegte nicht lange.

„Ja bitte, ein Taxi wäre mir ganz recht", sagte er. „Es ist ja auch nicht mehr weit von hier." Der Bahnbedienstete nahm den Telefonhörer in die Hand und wählte die Nummer des Taxiunternehmens.

„Sie können draußen schon mal warten", meinte er während des Wählens. „Das Taxi wird in zehn Minuten hier sein." Thomas bedankte sich und verließ den Bahnhof, um draußen vor dem Eingang zu warten. „Hallo", rief ihm der Mann am Schalter noch hinterher. „Wen wollen sie denn besuchen, wenn ich fragen darf, ich bin nämlich aus Marienkirchen und kenne dort jeden." Thomas blieb kurz stehen, drehte sich um und sagte dann mit entschlossener Stimme.

„Ich will niemanden besuchen, ich bin auf dem Weg ins Kloster Maria Hilf." Verdutzt schaute ihn der Mann an und erwiderte. „Ah, ein Vertreter von der Kirchlichen Gemeinde", meinte er und senkte seinen Kopf, um weiterzuarbeiten. „Nein", schoss es aus Thomas heraus. „Ich bin auf dem Weg ins Kloster, um dort einzutreten." Der Mann zuckte kurz hoch, schaute ihn etwas erschrocken an und begann dann wieder mit seiner Arbeit. Als Thomas draußen stand und auf das Taxi wartete, war er über sich selbst erstaunt, wie entschlossen er auf die Frage des Mannes reagiert hatte. Es dauerte tatsächlich nur ein paar Minuten, bis das Taxi dann in die Bahnhofstraße einfuhr. „Guten Tag", sagte der Fahrer, als er ausstieg und den Kofferraum seines Wagens öffnete.

„Hallo", erwiderte Thomas und legte seinen Koffer im Kofferraum des Taxis ab. „Wohin soll es denn gehen?", fragte ihn der Taxifahrer, während er einstieg. „Nach Marienkirchen bitte, zum Kloster Maria Hilf", sagte Thomas und nahm auf dem Beifahrersitz Platz.

Der Mann stellte noch kurz an der Zähleruhr im Fahrzeug etwas ein und fuhr dann los. Er stellte auch keinerlei Fragen, sondern war damit beschäftigt, am Radio den richtigen Sender einzustellen. Während der Fahrt mit dem Taxi stellte Thomas fest, dass es eine sehr ländliche Gegend war. Lediglich ein paar verstreute landwirtschaftliche Anwesen konnte man vom Taxifenster aus sehen. Dann endlich sah er auf einem kleinen Hügel, der ringsum mit Bäumen bewachsen war, zwei alte Turmmauern. Sie ragten einige Meter über die Baumwipfel und gleich hinter ihnen stieg eine Felswand empor. Der Taxifahrer bog rechts in eine Seitenstraße, die auf beiden Seiten mit Birken ziemlich dicht bewachsen war. Als sie die letzten hundert Meter auf das Kloster zufuhren, fing es in seinem Bauch dann doch zu brodeln an. Auf einem kleinen Parkplatz vor der Eingangstür, der mit einer runden Blumeninsel bepflanzt war, blieb das Taxi dann stehen. „So, mein Herr, da wären wir", sagte der Fahrer und stieg aus dem Fahrzeug. Thomas stieg ebenfalls aus und betrachtete das Gebäude in aller Ruhe von unten bis oben. Nachdem er das Taxi bezahlt hatte und dieses wieder langsam die Straße entlangfuhr, blieb Thomas noch einen Moment vor den Stufen, die zur Eingangstür hinaufführten, stehen. Er hätte jetzt auch gar nicht gehen können, da sich seine Beine anfühlten, als wären sie mit Beton ausgegossen. „Was mache ich hier?", fragte er sich leise und sah dabei zu einem der Türme hoch. Man merkte es dem alten Gebäude nicht an, dass es schon einige Jahre auf dem Buckel hatte.

Die Mauern, die sich links und rechts neben der Eingangstür aufrichteten, waren bestimmt fünf Meter hoch. Und an den Ecken des Gebäudes stand an der Vorderseite jeweils ein Turm, der die Mauer noch mal um gute drei bis vier Meter überragte. Auf jeden der Türme war zur Vorderseite hin, also in Richtung Zufahrt, eine Uhr angebracht. Über der rechten Uhr befand sich ein mit Holz gebauter, ziemlich robuster Glockenturm. Thomas wollte ein paar Meter die Mauern entlanggehen, als plötzlich die Tür aufging und ein Mann in einer braunen Mönchskutte aus dem Gebäude kam. „Grüß Gott, kann ich Ihnen helfen?", fragte er und ging die Treppenstufen runter und auf Thomas zu. „Gerne", antwortete Thomas. Er holte einen Zettel aus der Tasche, auf dem er sich einen Namen aufgeschrieben hatte. „Ich möchte gerne zu Pater Antonius, ich sollte mich bei ihm melden, sobald ich hier ankomme." Der Mönch ging auf Thomas zu, nahm seinen Koffer und sagte: „Guten Tag erst mal, ich bin Pater Michael. Sie wollen zu Pater Antonius? Da bringe ich sie gerne hin." Wie selbstverständlich trug er den Koffer über die Treppen und Thomas war es fast ein wenig unangenehm. Als sie durch die Eingangstür gingen und diese hinter ihnen zufiel, standen sie nach zwei Metern noch mal vor einer Glastür. Pater Michael öffnete sie und beide traten ein. Nun standen sie in einer der schönsten Kirchen, die Thomas jemals gesehen hatte. Sie war nicht sehr groß, aber gerade das Kleine und irgendwie Gemütliche machte es aus, weswegen man sie wunderschön finden musste.

Es waren höchstens zwölf Bankreihen, die links und rechts vom Mittelgang standen, und eine davon war nicht länger als drei Meter. Auf beiden Seiten waren über den Bänken jeweils zwei lebensgroße Heiligenfiguren angebracht, deren Namen er beim Durchgehen nicht genau lesen konnte. Vorne stand auf einer Brüstung, die über zwei Treppenstufen zu erreichen war, ein aus Marmorstein gebauter Altar. Zwischen vier vergoldeten Säulen, die sich dahinter auftürmten, hing ein riesiges Bild der Mutter Gottes. Sie trug das Kind Gottes im Arm und hatte einen Gesichtsausdruck, bei dem es Thomas allein vom Anblick schon warm ums Herz wurde. Vor dem Altar befanden sich seitlich noch mal zwei Nischen, in denen ebenfalls kleine Bänke standen und Bilder an den Wänden hingen. Nun folgte er Pater Michael über ein paar Stufen seitlich an einer der Nischen hinunter. Nach ein paar Metern befanden sie sich dann hinter den Säulen auf der Rückseite des Altars. „Einen Moment, bitte", sagte Pater Michael, stellte den Koffer ab und verschwand hinter der mittleren von drei Türen. Es war eine ungewöhnliche Stille, die durch dieses Gebäude ging. Thomas drehte sich um und schaute durch einen Vorhangschlitz, der hinter den Säulen angebracht war, zur Eingangstür. Darüber war eine Empore, die auf sechs Steinsäulen aufgebaut war und auf der sich eine kleine Orgel mit Gold verzierten Pfeifen befand. Der Vorraum hinter den Säulen, in dem er sich befand, war voller Glasvitrinen. In jeder dieser Vitrinen standen viele Kerzen, die der Gottesmutter Maria gewidmet waren.

Die Decke bestand aus drei kleinen Gewölben, an denen schlichte Halogenstrahler hingen. Als Thomas gerade ein Taschentuch aus der Hosentasche holte, um sich die Nase zu putzen, ging die Tür auf und Pater Michael kam heraus. „Tut mir leid, dass es so lange gedauert hat", sagte er. „Sie können jetzt reingehen, Pater Antonius erwartet sie." Thomas nahm seinen Koffer in die Hand und trat in den Raum, dessen Tür Pater Michael ihm aufhielt. Der wiederum verabschiedete sich und machte die Tür wieder zu. Es war ein kleines, mit sehr vielen Büchern versehenes Arbeitszimmer, in dem Thomas nun stand. Als er anfing sich umzuschauen, trat aus einer kleinen Nische plötzlich ein Mönch hervor. Ein kleiner, etwas gewichtiger Mann ging auf ihn zu. Er trug einen schneeweißen Vollbart, genau wie man sich einen Klosterbruder vorstellte.

„Guten Tag", kam es unter seinem Bart mit reiner, aber tiefer Stimme hervor. „Ich bin Pater Antonius. Und sie müssen Thomas sein, hab ich recht?" Thomas stellte den Koffer ab und reichte ihm seine Hand zur Begrüßung. „Guten Tag. Ja, ich bin Thomas. Freut mich, sie kennen zu lernen." Pater Antonius bot ihm einen Stuhl an und setzte sich selber in einen Ledersessel, der gegenüber dem Schreitisch stand. Er faltete die Hände und schaute Thomas eine Minute lang an, ohne etwas zu sagen.

„Sie haben also den Wunsch, in ein Kloster einzutreten?", fragte er ihn mit ernster Stimme.

„Ja, das würde ich gerne", erwiderte Thomas.

„Und sie haben sich das auch gründlich und genau überlegt?"

„Mein Entschluss steht fest", antwortete Thomas wiederum. Dann fing Pater Antonius an, ihm die ganze Geschichte über das Kloster Maria Hilf zu erzählen. Er ging dabei auf jedes Detail ein, das ihm über das Kloster bekannt war. Auch die Aufgaben der Mönche, die hier lebten, machte er ihm mit ernster Stimme verständlich. Pater Antonius erzählte mit einer solchen Begeisterung, dass er selber ganz glänzende Augen bekam. Thomas nickte nur zwischendurch mal mit dem Kopf, damit Pater Antonius auch merkte, dass er immer noch interessiert zuhörte. Er erzählte ihm auch von einigen jungen Leuten, die hier schon ins Kloster eintreten wollten. Die meisten haben aber nach ein paar Tagen oder Wochen Maria Hilf wieder verlassen. Bei den meisten, sagte er, war es eine Trotzreaktion dem eigenen Leben gegenüber. Oder sie wollten einfach mal ausprobieren, wie weit und stark ihr Glaube ging.

Es gab sogar welche, so Pater Antonius, die von der Freundin oder der Frau wieder rausgeholt wurden. Seit diesen Vorfällen wird natürlich genau geprüft, ob einer wirklich den Willen hat, hier als Mönch einzutreten.

„Du wirst dich einige Zeit selbst sehr intensiv prüfen müssen, ob das der richtige Weg ist, den du gehen willst", meinte er mit gehobenem Zeigefinger. „Zu den Aufgaben eines Mönches", fuhr er fort, „gehört nicht nur das Gebet und der Glaube, sondern auch viele körperliche Aufgaben, um dieses Kloster in Schuss zu halten und es der Bevölkerung als ein Haus Gottes anzubieten. Du wirst die erste Zeit hier nicht als Mönch deinen Weg gehen, sondern als einer unserer Brüder, der sich erst selber prüfen muss", sagte er.

„Und du wirst sehen, es wird eine harte Prüfung!", fügte er noch mit einem Kopfnicken hinzu.

Nach diesem langen und ausgiebigen Gespräch stand Pater Antonius dann auf und ging ans Fenster.

Er sagte keinen Ton, schaute nur raus in den Hof und verschloss hinter seinem Rücken die Hände. Thomas wusste nicht, wie er sich verhalten sollte, und blieb einfach in seinem Stuhl sitzen. Pater Antonius ging wieder zu seinem Schreibtisch und drückte auf einen Schalter, der rechts am Eck des Tisches angebracht war. Es dauerte nicht lange, als dann die Tür aufging und Pater Michael wieder in das Zimmer eintrat.

„So, junger Mann, Pater Michael wird Sie nun durch das Kloster führen und Sie schließlich in ihre Unterkunft bringen. Wir werden uns dann am Abend bei unserem gemeinsamen Gebet wiedersehen." Thomas nickte nur mit dem Kopf, stand auf und nahm seinen Koffer in die Hand.

„Wir werden erst deinen Koffer auf dein Zimmer bringen!", sagte Pater Michael, „Dann musst du ihn nicht die ganze Zeit durch das Kloster tragen."

Er öffnete die Tür und beide gingen raus auf den Flur, der sich hinter den Säulen des Altars befand. Sie gingen durch einen hinteren Ausgang der Kirche ins Freie, marschierten über einen Hof und dann auf ein anderes Gebäude zu. „In diesem Haus sind die Schlafräume und der Speiseraum", erklärte Pater Michael.

Es war ein sehr schlicht eingerichtetes kleines Zimmer, in dem Thomas seinen Koffer abstellte.

„Die Zimmer sehen alle gleich aus", meinte Pater Michael.

„Mehr brauch ich nicht", antwortete Thomas und warf einen flüchtigen Blick durch das Zimmer.

Er ging zum Fenster, von wo aus er einen schönen Blick hinaus zum Garten hatte. Nun sah er auch einige Mönche, die alle Hände voll im Garten zu tun hatten.

„Ich lasse dich nun alleine", meinte Pater Michael. „Wir sehen uns dann in der Kirche vor dem Abendessen zum Gebet." Thomas nickte, machte die Türe zu und ging wieder zum Fenster. Es war ein herrlicher Garten mit Blumenbeeten, Birkenbäumen und einem kleinen Weg, der sich durch die Anlage schlängelte. Unter einem Baum auf einer Bank sah er einen Mann, der ebenfalls keine Mönchskutte trug. Er saß nur mit verschränkten Armen da und blickte über die Anlage.

Thomas dachte nicht mehr weiter darüber nach und fing an seinen Koffer auszupacken. Der kleine, zweitürige Schrank war schnell eingeräumt. Er hatte ja auch nur das Allernötigste mitgenommen.

Eine Weile später klopfte es an der Tür.

„Ja bitte!", sagte Thomas. Ein Mönch öffnete die Tür und teilte ihm mit, dass er ihn zum Gebet abholen sollte.

Thomas zog seine Jacke über und verließ mit ihm sein Zimmer in Richtung Kirche.

Es war mäuschenstill, als sie eintrafen. So an die fünfzehn Mönche saßen mit leicht gesenktem Kopf in den Kirchenbänken und warteten darauf, mit dem gemeinsamen Gebet zu beginnen.

Thomas ging stillschweigend den Mittelgang entlang und setzte sich in die letzte Reihe. Als er seinen Blick auf die linke Seite warf, war da wieder dieser junge Mann, den er vorhin noch im Garten auf der Bank gesehen hatte. Er nickte ihm mit dem Kopf zu und schaute wieder nach vorne zum Altar. Nun kam auch Pater Antonius. Nachdem er in der ersten Reihe Platz genommen hatte, begannen alle mit dem gemeinsamen Gebet.

Als sie eine Dreiviertelstunde später in Richtung Speisesaal gingen, kam Pater Antonius auf Thomas zu und sagte: „Ich möchte dir jemanden vorstellen."

Sie blieben kurz im Flur vor der Tür zum Speisesaal stehen und drehten sich um. Gleich hinter ihnen ging dieser junge Mann, den Pater Antonius dann auch anhielt.

„Ich möchte dir gerne Markus vorstellen. Er ist seit zwei Wochen bei uns im Kloster."

„Hallo, ich bin Thomas", sagte er und reichte ihm die Hand zum Gruß.

„Guten Tag, mein Name ist Markus." Sie gaben sich die Hand und schauten sich dabei fragend in die Augen.

„Du kannst dich zu Markus an den Tisch setzen", meinte Pater Antonius, als sie zusammen den Speiseraum betraten.

Das Abendessen bestand aus einer Käseplatte und Brot. Dazu konnte man zwischen Gurken und Paprika wählen. Thomas nahm am Tisch gegenüber von Markus Platz. Während des Essens war es ganz still im Raum, keiner der Anwesenden verlor auch nur ein Wort.

Thomas bemerkte, dass sich die Blicke von Markus immer wieder auf ihn richteten. Sobald er aber versuchte ihm in die Augen zu sehen, richtete sich sein Blick nach unten auf den Teller. Es war eine komische Atmosphäre am Tisch, keiner wusste so recht, wie er sich verhalten sollte. Als beide gemeinsam nach ihrem Glas griffen, trafen sich erstmals am Tisch ihre Blicke. Ohne auch nur mit der Wimper zu zucken, schaute ihn Markus an. „Was er jetzt wohl denkt?", dachte sich Thomas und aß wieder weiter. Als alle mit dem Essen fertig waren und aufstanden, fragte ihn Markus, ob er nicht noch Lust hätte, ein paar Minuten im Garten spazieren zu gehen.

„Ja, gerne", meinte Thomas. Sie trugen nur noch ihre Teller weg und gingen hinaus. Keiner von beiden sagte zu Beginn etwas, als sie über den schmalen Weg der

Gartenanlage gingen. „Wie gefällt es dir hier?", fing Thomas dann an zu fragen. „Du bist ja schon ein paar Tage da und hast dir bestimmt schon ein Bild über das alles gemacht." Markus ging noch ein paar Schritte weiter und blieb dann stehen. Er überlegte kurz und sagte dann: „Nein, ich habe mir noch keine Gedanken darüber gemacht. Ich muss erst mit mir selber ins Reine kommen." Er drehte sich um und ging wieder weiter. „Manchmal bin ich mir sicher, dass es der richtige Weg ist und dann habe ich aber auch wieder Zweifel", fuhr er fort. Thomas ging langsam zwei Schritte hinter ihm und war sehr nachdenklich. Als sie zu einer Bank kamen, blieb Markus stehen und setzte sich hin.

Thomas nahm ebenfalls Platz und dann schauten beide mit sehr nachdenklichen Blicken über den Garten. Es war ein sehr schöner und warmer Sommerabend. Die letzten Sonnenstrahlen brachen sich an der Klostermauer und der Schatten wanderte langsam über die Blumenbeete auf sie zu. Der Gedanke, hier den Rest seines Lebens zu verbringen, ließ Thomas sehr nachdenklich werden. Es war wunderschön hier, aber die Stille schien einen manchmal zu erdrücken.

„Es ist nicht immer leicht, jeden Tag auf das Leben da draußen zu verzichten", meinte Markus mit leiser Stimme.

„Das kann ich mir vorstellen", erwiderte Thomas. „Aber es ist auch nicht immer leicht da draußen, so durchs Leben zu gehen, wie man es gern möchte." Beide sahen sich kurz an und dachten über die Worte nach. Als der Schatten sie schon lange erreicht hatte, stand Markus auf und verabschiedete sich.

„Gute Nacht, ich gehe zu Bett! Um fünf Uhr morgens heißt es wieder aufstehen und in die Kirche zum Gebet."

„Ja, ich gehe auch gleich, bleibe nur noch ein paar Minuten. Gute Nacht!" Thomas sah Markus noch hinterher, als er aus der Gartenanlage ging und im Haus verschwand. Es dauerte nicht lange und am dritten Fenster ging das Licht im Zimmer an. Markus warf ihm noch einen Gruß mit der Hand zu und schloss dann den Vorhang. Thomas blickte noch einen kurzen Moment Richtung Glockenturm hoch und machte sich noch einige Gedanken über das eben geführte Gespräch.

Es gingen nun einige Lichter im Gebäude an und Thomas stand auf, um ebenfalls auf sein Zimmer zu gehen.

Nachdem er sich gewaschen und ausgezogen hatte, machte er es sich im Bett, soweit es ging, bequem. Er lag in dieser Nacht noch sehr lange wach. Viel zu fremd war alles für ihn und tausend Gedanken gingen ihm durch den Kopf.

Am nächsten Morgen nach dem Gebet und Frühstück, musste er sich bei Pater Antonius melden. Er ging den kleinen Flur hinter dem Altar entlang und klopfte an dessen Arbeitszimmer.

„Ja bitte!", hörte er durch die Tür und trat ein. „Ah, Thomas, ich habe hier ein paar Aufgaben für dich." Pater Antonius teilte ihm mit, dass er die nächsten Tage für die Ordnung und Sauberkeit im Keller des Nebengebäudes verantwortlich sei. Es war schon längere Zeit nichts mehr da unten gemacht worden. Und außerdem brauchte er ja irgendeine Aufgabe für die Zeit zwischen den täglichen Gebeten. Pater Antonius nahm einen Schlüssel und sagte: „Komm, ich bringe dich gleich selber rüber!" Er ging mit schnellen Schritten voraus.

„Das allerbeste Licht gibt es nicht gerade!", dachte sich Thomas, als sie die Treppe des Kellers hinuntergingen. Das Treppenhaus war ziemlich schmal und hier merkte man dem Gebäude erst so richtig an, dass es schon einige Jahre auf dem Buckel hatte. Ebenso war auch nicht zu übersehen, dass hier im Keller schon lange nichts mehr gemacht worden war.

Pater Antonius ging sehr vorsichtig die Treppen runter, da die Stufen erhebliche Höhenunterschiede aufwiesen.

„Du siehst", sagte er, als sie unten waren, „hier ist einiges zu machen." Das war auf keinen Fall zu übersehen, dachte sich Thomas und suchte vergeblich nach einem Lichtschalter.

„Sollte das Licht nicht ausreichen, kannst du dir ja noch zusätzlich Kerzen anzünden", meinte er, gab Thomas den Schlüssel und ging die Treppen wieder hoch zum Flur.

Es war ein ziemlich großer Keller mit sehr vielen versteckten Säulen und kleineren Nischen. Die Decke bestand aus lauter Gewölben, eines nach dem anderen. Mit den Spinnweben, die überall von der Decke hingen, und dem spärlichen Licht hatte der Raum direkt etwas Mystisches. Thomas ging langsam Schritt für Schritt immer weiter in den hinteren Bereich des Kellers. Überall waren Schränke und Regale, die teilweise mit alten Büchern vollgeräumt waren, und Staub von oben bis unten. Als er vor einer Tür stand, überlegte er einen Moment, ob er sie öffnen sollte. Fast ängstlich nahm er den Türknopf in die Hand und begann sie zu öffnen. Ein leises Knattern hallte durch den alten Raum und die Spinnweben zogen sich wie Kaugummi. Als er die Tür ganz offen hatte, stellte er fest, dass es in dem Raum stockdunkel war. „Ohne Licht sehe ich hier überhaupt nichts!", sagte er zu sich. Die Neugierde trieb ihn aber trotzdem dazu, ein paar Schritte hineinzugehen.

„Au!", schrie Thomas plötzlich auf. An irgendetwas hatte er sich gerade sein Schienbein gestoßen. Er brauchte unbedingt mehr Licht, stellte er fest, und ging wieder zurück. Kurz darauf, nachdem er sich Kerzen besorgt hatte, fing er gleich unterhalb der Treppe an zu kehren. Zuerst holte er mit dem Besen die Spinnweben von der Decke und der Wand, damit er sie nicht dauernd im Gesicht hatte. Thomas war gerade fleißig beim Kehren, als er hörte, dass oben im Flur die Tür aufging. Er blieb stehen und lehnte sich mit dem Kinn auf den Besenstiel. Mit langsamen Schritten ging jemand die Treppe runter. Die Lampe oben beim Treppeneingang ließ den Schatten immer länger werden und im Schein des Lichtes sah man jede Menge aufgewirbelten Staub. „Hallo", rief jemand, während er die letzten Stufen hinunterging. „Thomas, bist du da?"

„Ja, ich bin hier um die Ecke." Jetzt, im Schein des Kerzenlichtes, sah er Markus auf ihn zukommen.

„Pater Antonius sagte mir, dass du hier unten bist und da dachte ich, ich schau mal vorbei."

„Habe eine tolle Aufgabe bekommen", seufzte Thomas. „Ich soll den Keller wieder auf Vordermann bringen."

„Nun, da hast du ja die nächsten Tage jede Menge Arbeit vor dir", meinte er. Markus nahm sich eine Kerze, hob sie leicht über den Kopf und leuchtete in die dunkle Ecke des Kellers. Er ging damit ein paar Schritte an ihm vorbei, blieb stehen und drehte sich nach ihm um.

„Bist du schon in dieser dunklen Ecke des Kellers gewesen?", fragte er ihn.

„Ja, aber nur kurz, ich hatte noch kein Licht mit." Markus drehte sich wieder nach vorne und fing an, mit kleinen Schritten weiterzugehen. Thomas nahm seinen Besen über die Schulter und folgte ihm. Sie gingen nach hinten bis zu der Tür, an der Thomas kurz zuvor ohne Licht abbrechen musste. Markus nahm den Türknopf und öffnete sie. Im Kerzenschein konnte man erkennen, dass einige alte Möbel darin standen. Sie gingen hinein und Markus stellte die Kerze auf eine alte Anrichte, die gleich neben der Tür stand. Jetzt sah Thomas auch, woran er sich vorhin das Schienbein gestoßen hatte. Ein ziemlich robuster, hölzerner Hocker stand gleich bei der Tür mitten im Raum. Es sah aus wie ein kleines Zimmer, komplett eingerichtet. Sogar ein Sofa stand gleich neben der Vitrine. Markus ging auf den Tisch zu, der im Eck stand und auf dem ein altes, dickes Buch lag. „Hol bitte eine Kerze her an den Tisch", sagte er, „damit wir mehr sehen können."

Thomas nahm die Kerze und stellte sie auf den Tisch.

Markus schlug das Buch auf und fing an, darin zu blättern. „Ich kann die Schrift nicht lesen", meinte er. „Versuch du es!" Thomas setzte sich auf den alten Stuhl, der davor stand, zog das Buch etwas an sich und blätterte ebenfalls ein paar Seiten. Er nahm sich Zeile für Zeile vor, aber er konnte auch nicht viel daraus erfahren. Die Schrift war ihm ebenfalls fremd. Aber es waren wunderschöne, alte Bilder darin zu sehen.

Plötzlich spürte er die Hand von Markus auf seiner Schulter. „Kannst du auch nichts erkennen?", fragte ihn dieser.

„Nein", erwiderte Thomas. „Diese Schrift ist mir fremd." Als Thomas dann auch noch die zweite Hand auf seinem Rücken spürte, zuckte er kurz und ein sehr unwohles Gefühl breitete sich in der Magengegend aus. „Das ist ja ein richtig gutes Versteck", meinte Markus und strich dabei mit beiden Daumen auf und ab.

Jetzt wurde es Thomas zuviel und er stand ruckartig auf. Er drehte sich um und stand Markus Nase an Nase gegenüber. Keiner der beiden brachte momentan ein Wort über die Lippen und sie spürten nur den Atem des anderen. Das war für Thomas der Moment, die Situation abzubrechen. Er schluckte kurz und sagte mit leiser Stimme. „Aber warum sollte man sich hier unten verstecken und wer?"

„Ich weiß es nicht", flüstert ihm Markus zu. Thomas spürte den Tisch hinter ihm und so trat er einen Schritt zur Seite, um die ganze Situation wieder zu entspannen. „Ich muss sowieso wieder nach oben an meine Arbeit", sagte Markus. Er gab Thomas die Kerze in die Hand, ging aus dem Raum und in die Richtung der Treppe vor. Kurz vor der ersten Stufe blieb er stehen, drehte sich um und warf Thomas noch mal einen Blick zu. Der blieb wie angewurzelt mit der Kerze in der Hand stehen und starrte zum Treppenaufgang. Als Markus wieder oben am Flur war und die Tür zumachte, ging Thomas noch mal zurück und setzte sich erneut auf den Stuhl. „Was war das jetzt?", fragte er sich.

Eine solch knisternde Atmosphäre hatte er lange nicht mehr erlebt. Und schon gar nicht mit einem Mann. Er stellte die Kerze noch mal auf den Tisch und schloss die Augen. Wie in einem Film ließ er sich die ganze Szene noch mal durch den Kopf gehen. Und vor allem, was meinte Markus mit einem guten Versteck? Was sollte man hier unten heimlich machen, was man nicht auch oben tun konnte. Er hätte die Hände auch nur auf seinen Rücken legen können, ohne ihn dabei mit dem Daumen zu streicheln. Thomas fiel ein, dass er eigentlich nichts über Markus wusste. Pater Antonius, erinnerte er sich, hatte nur gesagt, er sei seit zwei Wochen hier. Aber warum er diesen Schritt gemacht hatte, darüber hat Markus noch kein Wort verloren. Er sagte nur, er müsse zuerst mit sich selber ins Reine kommen. Thomas war keiner, der eigentlich Männer nach ihrem Aussehen beurteilte. Aber Markus war ein sehr ansehnlicher, groß gewachsener und interessanter Mann. Hatte leicht blondes Haar und dazu auch noch kristallklare, blaue Augen. Auch seine ziemlich sportliche Figur war unter seinem Hemd nicht zu übersehen. Thomas stellte fest, dass Markus draußen auf alle Fälle keine Probleme haben konnte, eine Frau zu bekommen. Selbst wenn ihm die eine oder andere mal den Rücken kehrte, dürfte es für ihn nicht schwierig sein, etwas Neues zu finden. Thomas schüttelte den Kopf und fragte sich, was er da überhaupt für Gedanken hatte. Er nahm die Kerze, stand auf, schnappte sich den Besen und ging wieder in eine der finsteren Ecken an seine Arbeit.

Am nächsten Morgen nach dem Frühstück, Thomas wollte gerade in den Keller, da sah er Markus wieder ganz alleine auf der Bank sitzen. Er hatte einen ziemlich nachdenklichen Blick. Thomas ging ein paar Meter Richtung Garten und blieb dann vor dem Hauseck stehen. Immer wieder bemerkte er, dass Markus laufend auf die Uhr schaute. Thomas wollte schon wieder gehen, als er hinter der Klostermauer einen kurzen Hupton hörte. Es schien für Markus eine Art Zeichen zu sein, denn er sprang sofort auf und ging Richtung Gartentor. Kurz davor blieb er stehen, schaute sich noch mal um und verschwand nach draußen. Thomas' Neugierde war nun geweckt. Mit ziemlich flotten Schritten marschierte er den Kiesweg an der Hauswand entlang und öffnete die kleine Tür zum Turm. Er lief die runde Treppe hinauf und blieb an einem der kleinen Gucklöcher stehen. Es lag genau richtig, um das Fahrzeug, das vor der Mauer stand, zu sehen. Da er Markus draußen nicht sehen konnte, ging er davon aus, dass er die Person war, die auf dem Beifahrersitz saß.

Immer wieder sah er heftige Handbewegungen im Fahrzeug, die meistens aber von der Fahrerseite kamen. Nach etwa zwanzig Minuten öffnete sich die Autotür und Markus stieg aus dem Wagen. Mit sehr viel Schwung knallte er die Tür wieder zu und ging vom Fahrzeug weg. Thomas wartet noch eine Weile, bis Markus unter ihm wieder im Garten verschwunden war. Mit extrem viel Vollgas rauschte der Wagen vom Parkplatz und die kleine Klosterzufahrt entlang zur Hauptstraße. Jetzt war die Luft für Thomas wieder rein.

Er ging die Turmtreppe wieder runter, schielte kurz durch den Türspalt und huschte ins Freie. Markus schien ihn nicht bemerkt zu haben, denn er war bereits wieder an seiner Gartenarbeit. Als wüsste er von nichts, ging Thomas auf ihn zu und sprach ihn an. „Hallo Markus, na, wie geht's? Der Garten scheint ja richtig aufzublühen unter deinen Händen."

„Findest du?", erwiderte Markus. Er wirkte etwas angeschlagen und drehte sich auch nicht zu Thomas hin. Dieser konnte es sich nun nicht mehr verkneifen und sagte: „Ich habe dich von draußen reinkommen sehen, warst du spazieren?" Nun stand Markus auf.

„Nein, ich hatte etwas Dringendes zu erledigen."

Er sah Thomas kurz in die Augen, drehte sich um und fing wieder an, weiterzuarbeiten.

„Na, dann gehe ich wohl besser auch wieder in den Keller, sonst werde ich da unten niemals fertig", meinte er.

Als sie sich am Mittagstisch gegenübersaßen, sprach keiner der beiden ein Wort. Nur ab und zu trafen sich flüchtig ihre Blicke. Markus wirkte sehr nachdenklich und brachte kaum einen Bissen runter. Immer wieder war Thomas kurz davor, ihn wegen heute Morgen anzusprechen, ließ es aber dann doch bleiben.

Thomas wollte gerade aufstehen und seinen Teller wegräumen, als Pater Michael an den Tisch kam.

„Am Wochenende findet wie jedes Jahr ein kleiner Basar im Hof des Klosters statt. Der Kirchenchor des Dorfes veranstaltet ihn", sagte er.

„Ihr könnt dazu gerne eure Familien einladen."

Die beiden nickten nur ganz leicht mit dem Kopf und Pater Michael ging mit einem Lächeln weiter.

Es war ein herrlicher Sonnentag, als am darauffolgenden Samstag die ersten Besucher in den Klostergarten kamen, um den Basar zu besichtigen. Thomas hatte seine Familie nicht eingeladen. Es wäre auch zu weit gewesen für einen Tagesausflug.

Die Damen vom Kirchenchor hatten sich sehr viel Mühe gegeben, den Innenhof des Klosters festlich zu schmücken. Sie hatten Stände zu einem großen Kreis aufgebaut und in der Mitte gab es reichlich zu essen: selbst gemachten Kuchen, Torten, Krapfen und natürlich Getränke.

Pater Antonius und Pater Michael hatten sichtlich Freude daran, mit den Gästen das eine oder andere Gespräch zu führen. Auch Thomas gesellte sich in die Menge und spazierte von einem Verkaufsstand zum anderen. Innerhalb kürzester Zeit füllte sich der Klostergarten und man verlor fast den Überblick. Thomas versorgte sich im Gedränge noch schnell mit Kaffee und Kuchen, setzte sich auf die Bank vorm Nebengebäude und beobachtete das Geschehen. Nun sah er auch Markus in der Menschenmenge stehen. Er unterhielt sich mit zwei der Mönche aus dem Kloster und schien richtig Spaß zu haben. Thomas wollte gerade aufstehen und sich dazugesellen, als hinter Markus ein junger Mann auftauchte und ihm auf die Schulter klopfte.

Markus drehte sich um und schien nicht gerade begeistert zu sein, ihn zu sehen. Nach einem kurzen Gespräch gingen beide aus der Menge in Richtung Garten. Thomas konnte es sich nicht nehmen lassen, ihnen zu folgen. Zwischen zwei Ständen blieben sie stehen und fingen an zu reden. Sie führten ein sehr heftiges Gespräch, was man an ihren Handbewegungen und ihrem Gesichtsausdruck feststellen konnte.

Der junge Mann war ungefähr im gleichen Alter wie Markus, hatte braunes kurzes Haar und ein sehr gepflegtes Äußeres. Immer wieder nahm der Mann Markus an den Schultern und versuchte ihn zu schütteln. Der aber wiederum ließ nur seinen Kopf hängen und winkte mit den Händen ab. Thomas hätte gerne gehört, um was es zwischen den beiden ging. Aber der Lärm der Basarbesucher war zu groß und er stand auch zu weit weg. Als das Gespräch zu Ende zu sein schien, nahm der junge Mann Markus in die Arme, drückte ihn fest an sich und ging dann weg. Markus blieb noch ein paar Sekunden stehen und lief dann in den Garten. Thomas folgte ihm und sah, wie er sich auf die Bank unter der Birke setzte, die an der Klostermauer stand. Als sich Thomas ihm näherte, zuckte er kurz zusammen und holte ein Tuch aus der Hosentasche. Jetzt erst sah er, dass Markus Tränen auf den Wangen hatte. Schnell versuchte er sie noch wegzuwischen, bevor Thomas sich setzte.

„Hallo Markus", sagte er, „ist alles klar?"

„Ja, es geht schon wieder", antwortete dieser und wischte sich eine weitere Träne aus den Augen.

Für einen Moment saßen beide nur stumm da und starrten auf das Blumenbeet vor ihnen. Keiner wusste so recht, was er sagen sollte. Als Thomas erneut eine Träne auf Markus' Wange sah, konnte er seine Neugierde nicht mehr zurückhalten. „Was ist los mit dir? Willst du darüber reden?", fragte er ihn.

Markus schüttelte nur den Kopf und rieb sich die Augen. „Kann ich dir auch nicht helfen?", bohrte er weiter. Jetzt schaute Markus hoch, er sagte kein Wort und ließ seinen Kopf auf die Schulter von Thomas fallen. Diesem war es im ersten Augenblick sehr peinlich, aber er wollte ihn auch nicht wegstoßen.

Thomas schaute kurz in Richtung Garteneingang, ob sie auch niemand beobachtete, denn das wollte er auf keinen Fall. Ganz langsam, ja fast schon ängstlich, legte er seinen Arm um Markus. Ein seltsames Gefühl durchlief seinen Magen und ihm war gar nicht wohl dabei. In solch einer körperlichen Pose war er bereits lange nicht mehr gewesen und schon gar nicht mit einem Mann. Und dann auch noch im Garten eines Klosters.

Er wusste gar nicht, was er mit seiner zweiten Hand machen sollte, so außergewöhnlich war die Situation.

Also legte er sie einfach auf seinen Oberschenkel. Wie ein innig verliebtes Pärchen saßen sie da.

„Es tut mir gut, in deinen Armen zu liegen", kam es Markus leise über die Lippen. „Allein damit hast du mir schon geholfen."

Thomas fand in diesem Moment keine passenden Worte und drückte ihn einfach nur fest an sich. Er überlegte, was er sagen sollte, um diese Szene wieder ein wenig aufzulockern.

Aber anstatt Worte zu finden, stellte er fest, dass er Markus nun schon mit beiden Armen umklammerte.

Wenn das jetzt einer der Klosterbrüder sehen würde, dachte sich Thomas. Diese Situation zu erklären wäre sicher nicht einfach gewesen. Jetzt musste er etwas unternehmen, um das Ganze wieder abzubrechen. Er wollte aber vermeiden, dass Markus sich weggestoßen fühlte, also musste er es sanft angehen.

Schön langsam lockerte er seine Umarmung und klopfte Markus dabei leicht auf den Rücken. Er nahm ihn an den Schultern und richtete ihn behutsam wieder auf.

„Du wirst sehen, es wird alles wieder gut", ermutigte er ihn. „Und wenn ich dir dabei helfen kann, dann sag mir einfach Bescheid."

Markus sah ihn an, hob die Hand und streichelte ihm über das Haar. Dann stand er auf und ging wortlos weg. „Was war das jetzt?", fragte sich Thomas und schüttelte dabei den Kopf. Was genau hatte der junge Mann von vorhin mit dem Ganzen zu tun? War er der Grund, warum Markus geweint hatte? Thomas schossen nun einige Fragen durch den Kopf, die er aber alle nicht beantworten konnte. Nachdem er noch ein paar Minuten auf der Bank gesessen hatte, stand er nun auf und ging sehr nachdenklich den Kiesweg entlang Richtung Basar. Es waren noch jede Menge Leute im Klosterhof und auch am Kuchenstand schien es richtig rund zu gehen. Thomas schaute sich langsam in der Menschenmenge um, aber er konnte

Markus nirgendwo entdecken. Vielleicht aber hatte er ihn nur übersehen. Also mischte er sich selbst wieder ins Geschehen.

Am späten Nachmittag ging das Fest schön langsam seinem Ende zu. Die Männer und Frauen des Kirchenchors fingen nun langsam damit an, die Stände abzubauen. Sie hatten sehr gute Geschäfte gemacht, was an ihren fröhlichen und zufriedenen Gesichtern unschwer zu erkennen war. Stück für Stück wurde nun ein Verkaufsstand nach dem anderen zerlegt und sehr sorgfältig auf einen Wagen geladen. Auch Thomas hatte sich inzwischen unter das tätige Volk gemischt und arbeitete kräftig bei der Demontage der Stände mit. Als er half, eine Tischplatte auf den Wagen zu legen, sah er auch, dass Markus wieder auf dem Hof war und mit anpackte.

„Das war ein gelungener Tag", sagte Pater Antonius, als er über den Klosterhof ging, um sich noch mal bei allen Beteiligten zu bedanken. Nachdem der Hof leer und wieder sauber gemacht worden war, bereiteten sich die Mönche auf ihr Abendgebet vor. Und auch Thomas ging auf sein Zimmer, um sich frisch zu machen und sich umzuziehen.

Nachdem das Abendgebet beendet war und sich die meisten Klosterbrüder in ihre Zimmer zurückgezogen hatten, ging Thomas noch ein wenig durch den Klostergarten.

„Darf ich mich dazugesellen?", hörte er eine bekannte Stimme von hinten fragen. Thomas drehte sich um und sah Markus auf ihn zukommen. „Ja, gerne", antwortete Thomas und blieb kurz stehen, um auf ihn zu warten. Stillschweigend setzten sie ihren Spaziergang über den Klostergarten fort. Sie wirkten beide, als würde sie etwas bedrücken, aber keiner fand irgendwie den Mut dazu, das Gespräch zu beginnen.

„Was ich noch sagen wollte", kam es nach einigen Metern dann über Markus' Lippen. „Ich möchte mich noch für heute Nachmittag bei dir bedanken!"

„Bedanken, wofür?", fragte Thomas, obwohl er wusste, um was es ging. „Na, du weißt schon, für die Sache auf der Bank heute!", sagte Markus und senkte den Kopf leicht nach unten, so als wäre es ihm unangenehm.

Sie gingen weiter, ohne ein Wort zu sagen, und genossen den herrlichen Sonnenuntergang über den Klostermauern.

„Ich war heute Morgen im Keller und da habe ich noch einige alte Bücher gefunden, schon ziemlich alte. Es wäre sicher interessant, sich die mal anzuschauen!", bemerkte Markus.

„Ja, können wir machen. Die würden mich auch interessieren!", meinte Thomas. Plötzlich blieb Markus stehen und drehte sich um. „Was ist los?", fragte Thomas. „Na, komm, wir wollen uns doch die Bücher ansehen!", sagte Markus.

„Heute noch?", meinte Thomas etwas erstaunt.

„Warum nicht?", sprach Markus und ging wieder weiter Richtung Haus. Thomas schüttelte zwar leicht den Kopf, aber folgte ihm. Als sie im Flur angekommen waren, öffneten sie leise die Kellertür. Wie zwei Einbrecher schlichen sie über die ziemlich düster beleuchtete Kellertreppe hinunter. Um nicht ganz im Dunkeln zu tappen, nahm sich jeder noch eine der Kerzen, die unten am Ende der Treppe auf einem Tisch lagen. Sie zündeten sie an und gingen langsam auf den hinteren Kellerraum zu, in dem sie schon vor Tagen das alte Tagebuch gefunden hatten.

Vorsichtig öffneten sie die Kellertür und traten in den dunklen und irgendwie geheimnisvoll wirkenden Raum ein. Markus stellte seine Kerze auf den Tisch, stieg auf den Stuhl, der daneben stand, und holte das dicke Buch von der alten Vitrine. „Es liegen noch zwei da oben", sagte er mit leiser Stimme und legte es auf den Tisch. Nun stellte auch Thomas seine Kerze so nah wie möglich an das Buch heran, um es besser lesen zu können. Schon als sie die erste Seite aufgeschlagen hatten, wirkte das Buch irgendwie mystisch auf sie. Da es mit der Hand geschrieben war, konnten sie nur Bruchteile der Zeilen lesen. Sie stellten aber beide fest, dass es sich um eine Art Tagebuch handelte. Thomas beugte sich leicht über das Buch und begann Zeile für Zeile durchzulesen, soweit es möglich war. Auch Markus steckte seinen Kopf nun mit in das Geschehen und beide vertieften sich still und leise in die handgeschriebenen Zeilen. Gemeinsam durchforsteten sie die ersten Seiten und schauten sich in regelmäßigen Abständen immer wieder an. „Das ist ja der Wahnsinn!", sagte Thomas zwischendurch. „Wenn du das Gleiche liest und meinst wie ich", erwiderte Markus, „dann ist das nicht Wahnsinn, sondern hochinteressant." Sie nickten sich kurz gegenseitig an und vergruben sich dann wieder in die nächsten Seiten. Als eine der Kerzen zu flackern begann, weil sie dem Ende zuging, stand Thomas auf, nahm sie und holte rasch eine neue. Als er kurz darauf zurückkam, zündete er sie an und stellte sie wieder so nah wie möglich an das Buch.

Markus drehte sich zu Thomas hin und sagte: „Sag mir, was du bis jetzt aus diesem Buch entziffern und lesen konntest!" Thomas schaute ihn an, lehnte sich leicht zurück und begann zu erzählen.

So, wie es aussah, hatte dieses Buch ein Klosterbruder geschrieben, der sich hier im Kloster unsterblich in einen seiner Brüder verliebt hatte. Thomas beugte sich wieder über das Buch, blätterte ein paar Seiten zurück und begann daraus, soweit es möglich war, vorzulesen:

Eintrag 17. April: Ich weiß nicht mehr, was ich machen soll. Ich bin mit meinen Gefühlen Bruder Johannes gegenüber hin- und hergerissen. Noch nie zuvor hatte ich ein derartiges Verlangen, jemanden zu berühren und zu streicheln. Sitze hier in meinem Zimmer und kämpfe gegen meine Gefühle an. Wenn er mir gegenübersteht und mir beim Reden in die Augen schaut, empfinde ich ein wahnsinniges Gefühl von Wärme und Geborgenheit in mir. Muss jetzt zum Abendgebet.

Eintrag 20. April: So, heute ist es passiert! Bruder Johannes und ich waren gemeinsam oben auf dem Dachboden der Kirche, um sauber zu machen. Als er sich bei einer Pause auf die Fensterbank lehnte und zum Fenster hinaus über den Klosterhof schaute, stellte ich mich seitlich dahinter und schaute über seine Schultern ebenfalls zum Fenster raus. Wie von einem Magneten gezogen wanderte meine linke Hand plötzlich auf die Schulter von Johannes.

Er drehte seinen Kopf nur ganz kurz zur Seite, ließ seine Augenlider langsam nach unten fallen und schaute dann wieder nach vorne. Mir stieg es heiß und kalt auf und ich wusste nicht mehr, wie ich mich verhalten sollte. Mit irrsinnigem Herzklopfen fing ich einfach an, meine Hand auf seiner Schulter langsam kreisen zu lassen. Johannes ließ seinen Kopf leicht nach unten fallen und gab mir ein Gefühl der Wohltat. Ich wusste nicht mehr, wie ich diese Situation beenden sollte. Es war für mich ein extrem angenehmes und befriedigendes Gefühl, andererseits war ich über seine Reaktion sehr überrascht. Nach ein paar Minuten beendeten wir unsere Pause und machten uns wieder an die Arbeit.

Liege nun hier auf meinem Bett und lasse mir das Erlebte von heute Nachmittag immer wieder durch den Kopf gehen. Was wird er jetzt wohl machen oder denken? Oder hat es ihm überhaupt irgendetwas bedeutet?

Mir gehen tausend Fragen durch den Kopf. So, lege mich jetzt schlafen, besser gesagt, ich versuche es.

Eintrag 26. April: Hat Johannes das gleiche Gefühl mir gegenüber wie ich ihm? Heute legte er beim Spazierengehen im Garten ganz kurz seine Hand auf meine Schulter, nur für ein paar Schritte. Empfindet er das Gleiche für mich wie ich für ihn oder war es nur Zufall und eine Geste aus einer Laune heraus? Ich weiß nicht mehr, wie ich mich ihm gegenüber verhalten soll. Soll ich ein offenes Gespräch mit ihm suchen? Aber was ist, wenn er keinerlei Gefühle für mich hat und ich mir das alles nur einbilde?

Es wird von Tag zu Tag schwerer für mich, mich in seiner Nähe aufzuhalten. Habe ihn heute beim Gebet nicht aus den Augen gelassen. Muss versuchen, mich abzulenken, sonst spielen meine Gefühle noch verrückt.

Es ist extrem schwer, Gefühle da zu unterdrücken, wo man sie nicht haben darf.

In diesem Moment legte Markus die Hand auf das Buch, so dass Thomas nicht mehr umblättern konnte. Thomas schaute ihn an. „Was ist los?", fragte er ihn. Markus sagte zunächst kein Wort, sondern schaute Thomas nur mit starrem Blick in die Augen. „Nichts!", sagte er kurz darauf. Das wirkte aber nicht gerade überzeugend, dachte Thomas bei sich. „Ich hole uns noch schnell ein paar Kerzen, bevor die auf dem Tisch zu Ende gehen, falls du noch Lust hast, weiterzulesen!", sagte er zu Thomas. „Ja, sicher, ich will wissen, wie es weitergeht." Markus stand auf, ging kurz raus und schlug die Richtung zur Kellertreppe ein. Er holte noch neue Kerzen und legte sie auf den Tisch neben das Buch. Thomas rückte sich mit seinem Stuhl wieder in eine für ihn angenehme Position, um wieder im Buch weiterzulesen.

Eintrag 2. Mai: Heute spielen meine Gedanken total verrückt. Liege hier in meinem Bett und weiß nicht mehr, wie ich meine Gefühle in Griff bekommen soll. Heute Morgen ging es schon los. Gleich nach dem Frühstück und dem Morgengebet machten sich alle Klosterbrüder auf, um den Obstgarten zu bewirtschaften, der hinter dem Kloster liegt.

Der Garten hinter dem Kloster fällt ganz leicht einen Hang hinab und endet vor einer Waldlichtung, aus der ein kleiner Bach hervorströmt. Unser Tagwerk bestand heute darin, die abgebrochenen Äste vom Schneebruch aufzusammeln und den Boden aufzurechen. Ich war gerade eifrig beim Rechen, als plötzlich Johannes neben mir arbeitete. Es war etwas überraschend, denn er hatte eigentlich seinen Arbeitsplatz ein paar Baumreihen weiter weg. Es war ein sehr sonniger und heißer Tag und so blieb es nicht aus, dass sich einige der Brüder den Oberkörper freimachten. Auch mir wurde es zu warm, also öffnete ich den oberen Teil meiner Kutte und band sie mit den Ärmeln um meinen Bauch. Ich spürte, wie mich nach ein paar Metern die Blicke von Johannes begutachteten. Sobald ich aber den Kopf in seine Richtung drehte, schaute er sofort weg. Nun kam ich nicht mehr drum herum, ihn anzusehen, denn auch sein Oberkörper war mittlerweile freigemacht. Meine Gefühle stiegen wie eine Rakete auf, als ich den Schweiß, der wie kleine Perlen auf seinem Rücken stand, sah. Er ist sehr kräftig gebaut und jeder Muskel spannte sich an, wenn er den Rechen über den Boden zog. Während ich das hier und jetzt in meinem Bett liegend aufschreibe, merke ich, wie ein Kribbeln in mir hochsteigt. Als Johannes bemerkte, dass ich ihn beobachtete, drehte er sich leicht zur Seite und schaute über seine Schulter zu mir hin. Aber anders als er zuvor konnte ich meinen Blick von ihm nicht mehr abwenden. Wir standen beide nur da und schauten uns ein paar Sekunden lang, ohne ein Wort zu sagen, in die Augen.

Es dauerte noch etwa eine Stunde, bis wir unten am kleinen Bach angekommen waren. Johannes legte den Rechen zur Seite, kniete sich an den Uferrand und begann, seinen verschwitzten Körper mit kaltem Wasser abzuwaschen. Ich lehnte an meinem Rechenstiel und sah ihn auf eine irgendwie betörende Art bewundernd an. Er forderte mich dazu auf, ebenfalls ans Wasser zu kommen, und ich zögerte keinen Moment, um mich ebenfalls am Bach zu erfrischen. Als sich auch die anderen Brüder mit Wasser frisch gemacht hatten und wieder Richtung Hügel gingen, passierte es. Wir stützen uns beide in dem nicht allzu tiefen Wasser am Grund ab, als Johannes plötzlich seine eingetauchte Hand auf meine legte. Mir stockte der Atem. Hat er doch die gleichen Gefühle für mich wie ich für ihn? Wir schauten uns im Spiegelbild des Wassers an und sagten beide kein Wort. Es war ein unbeschreibliches Gefühl, das durch meinen Körper fuhr. Das gleiche Gefühl habe ich auch noch jetzt, da ich hier auf meinem Bett liege und das alles niederschreibe. Habe mir heute schon oft die Frage gestellt, ob ich nicht zu ihm rübergehen soll. Versuche nun aber zu schlafen und mich von meinen Gefühlen für Johannes abzulenken.

Als Thomas diese Zeilen zu Ende gelesen hatte, lehnte er sich zurück und starrte das Buch für Sekunden nur an. „Das ist ja unglaublich!", sagte er kurz darauf. Markus schaute ihn von der Seite an und senkte dann langsam seinen Kopf nach unten. „Dieser Klosterbruder schreibt da seine intimsten Gefühle nieder, die er für seinen Bruder Johannes hat!", fuhr Thomas fort. Markus hatte immer noch seinen Kopf leicht nach unten gesenkt und saß wie versteinert auf seinem Stuhl. Er wirkte ziemlich nachdenklich und sagte dann: „Lass uns nach oben gehen! Es ist schon spät geworden!" Thomas sah ihn kurz an, nickte leicht mit dem Kopf und stand auf. Er schloss das Buch, rutschte mit seinem Stuhl vor die Vitrine und legte es wieder nach oben. Als er wieder vom Stuhl runterstieg und sich umdrehte, stand Markus ganz dicht hinter ihm, sodass ihre Nasen sich fast schon berührten. Sie blieben beide für einen Moment so stehen und schauten sich, ohne auch nur einmal zu zwinkern, in die Augen. „Wir sollten gehen", sagte dann Thomas mit merkbar unsicherer Stimme. Sie nahmen die beiden Kerzen vom Tisch und gingen den Kellerflur entlang zur Treppe. Vorsichtig und leise öffnete Markus die obere Tür. Auf leisen Sohlen schlichen beide nach einem kurzen Gutenachtgruß in ihre Zimmer.

Thomas stand, nachdem er sich gewaschen hatte, minutenlang vor dem Spiegel und starrte sich an. Er hatte all diese Bilder aus dem Buch in seinem Kopf und dazwischen immer wieder diese unerklärlichen Momente mit Markus.

Es war schon weit nach Mitternacht, als Thomas plötzlich durch irgendetwas geweckt wurde. Was hatte er gehört? Er schaute sich langsam in dem kleinen Zimmer um, konnte aber nichts Außergewöhnliches feststellen. Das Mondlicht warf einen leichten Lichtstreifen durch den Vorhangschlitz und ließ das Zimmer richtig geheimnisvoll aussehen. Thomas wollte sich gerade in eine angenehme Schlafposition richten, als er wieder etwas hörte. Er zuckte leicht mit dem Kopf hoch und schaute gezielt zur Tür. Es stockte ihm der Atem, als er sah, wie die Türklinke ganz langsam nach unten ging. In diesem Moment war er sich nicht mehr sicher, die Tür zugesperrt zu haben. Die Türklinke blieb einige Sekunden nach unten gedrückt und man merkte, dass jemand versuchte die Tür zu öffnen. Thomas wusste nicht, wie er sich verhalten sollte, und blieb einfach, ohne auch nur einen Laut von sich zu geben, im Bett liegen. Ganz langsam ging der Türgriff dann wieder nach oben. Thomas ließ ihn nicht aus den Augen und atmete kurz auf. Aber noch mal versuchte jemand, von draußen die Tür zu öffnen. Da Thomas nun aber sicher war, die Türe abgeschlossen zu haben, zog er sich die Decke bis zum Hals und starrte zur Tür. Wer war das? Dieser Gedanke ging ihm minutenlang durch den Kopf.

Sollte es der gewesen sein, den er vermutete, dann bliebe immer noch die Frage, warum dieser mitten in der Nacht zu ihm wollte.

Nachdem er sicher war, dass niemand mehr vor der Tür stand, schlief er langsam wieder ein.

Wie ein Pfeil schoss Thomas im Bett hoch, als er glaubte, schon wieder jemanden an der Tür zu hören. Als er jedoch die eine oder andere Tür hörte, die geschlossen wurde, blickte er auf die Uhr. Er wirkte richtig beruhigt, als er sah, dass es bereits Zeit zum Aufstehen war. Es waren die Schritte der Mönche, die ihn auf dem Weg zu ihrem Morgengebet weckten.

Als er die Vorhänge aufzog und aus dem Fenster schaute, gingen ihm die geheimnisvollen Momente der letzten Nacht durch den Kopf. Wenn er an das Verhalten von Markus in den letzten Tagen dachte, wurde er sich immer sicherer, dass dieser es gewesen sein musste, der ihn letzte Nacht aufgeweckt hatte. Wenn die Tür gestern nicht abgeschlossen gewesen wäre, was wäre dann wohl passiert? Diese Frage ging ihm in diesem Moment durch den Kopf. Was ihn aber am meisten beschäftigte, war die Frage: Wer konnte es gewesen sein, falls es nicht Markus gewesen ist? In diesem Moment klopfte es an der Tür. „Thomas, bist du wach? Es ist Zeit zum Frühstücken."

„Ja, ich komme gleich!", rief er der Stimme von Markus entgegen.

Als sie sich kurz darauf im Frühstücksraum gegenübersaßen, hatte Markus nicht den Hauch eines schlechten Gewissens im Gesicht. „Und", fragte er Markus, „hast du gut geschlafen?" Dieser hatte gerade den Mund voll und kaute noch zu Ende. „Wie ein Murmeltier. Habe zwar noch eine Weile über das Buch im Keller nachgedacht, bin aber dann mittendrin eingeschlafen." Thomas merkte, dass er Markus nicht die kleinste Unsicherheit entlocken konnte. „Und wie war deine Nacht?", fragte Markus.

Thomas schaute ihm tief in die Augen, als er begann die Frage zu beantworten: „Eigentlich recht gut, bis ich glaubte, jemanden an der Tür zu hören. Aber vielleicht habe ich es auch nur geträumt." Thomas war sich aber sicher, dass dies auf keinen Fall ein Traum gewesen war.

Markus legte sein Brot zur Seite und schaute Thomas mit fragendem Blick an. „Wer sollte denn mitten in der Nacht an deiner Tür gewesen sein? Das hast du bestimmt nur geträumt!"

„Ja, du hast Recht. Es kann nur ein Traum gewesen sein." Nun wurde Thomas immer unsicherer in seiner Vermutung, dass es Markus gewesen war. Wenn nicht er, wer konnte es dann gewesen sein? Sollte er es doch gewesen sein, hätte er sich für diese schauspielerische Leistung einen Oskar verdient. Thomas ließ nun seine Augen bei leicht gesenktem Kopf durch den Frühstücksraum kreisen. Die Vorstellung, dass es einer dieser Mönche gewesen sein könnte, machte ihn auch nicht gerade ruhiger. Er schaute sich fast jeden dieser Brüder sekundenlang unauffällig an und stellte sich vor, dass es jeder von ihnen gewesen sein könnte. Ein Gedanke, den er sofort wieder zu verdrängen suchte. „Was hast du?", fragte ihn Markus energisch. „Du schaust völlig angespannt aus. Geht es dir nicht gut?" In diesem Moment lag Thomas die Frage aller Fragen auf den Lippen. Er brachte aber nicht den Mut auf, sie Markus auch zu stellen. Im Gegenteil, er winkte ab und versucht so locker wie nur möglich zu antworten: „Nein, alles in Ordnung. War nur kurz mit meinen Gedanken woanders." Er war über sich selbst verärgert, dass er nicht den Mut fand, Markus direkt darauf anzusprechen. Aber vielleicht bildete er sich das Ganze ja auch nur ein und es war wirklich nicht Markus, der letzte Nacht in sein Zimmer wollte.

Sie schauten sich beide während des Frühstücks immer wieder kurz in die Augen. Beide, sowohl Thomas als auch Markus, hatten in ihren Hintergedanken immer noch den

Klosterbruder aus dem Tagebuch im Kopf. Eine verbotene Liebe, die sich hier in diesen Räumen vor vielen Jahren abgespielt hatte und von der vielleicht nur sie beide wussten.

Nach dem Morgengebet und dem Frühstück wurde es ziemlich still an diesem Sonntag. Pater Antonius hatte dem ganzen Kloster einen freien Tag gegeben. Einige der Brüder gingen in die Stadt oder machten es sich im Klostergarten auf einer Decke mit einem Buch bequem. Es war ein wunderschöner, sonniger Tag und so beschlossen Thomas und Markus, nach dem Frühstück wandern zu gehen.

„Bist du so weit?", fragte Markus an der offen stehenden Zimmertür von Thomas. „Ja, von mir aus kann es losgehen." Thomas warf noch schnell eine Trinkflasche in seinen Rucksack und schon machten sie sich auf den Weg. „Wo wollen wir hingehen?", fragte Thomas, als sie draußen vor dem großen Einfahrtstor des Klosters standen. „Wir gehen den Feldweg hinter dem Kloster entlang. Laut Pater Michael führt er dort hinten durch ein kleines Waldstück und geht dann kleine Serpentinen den Berg hinauf." Thomas nickte nur kurz mit dem Kopf, schulterte seinen kleinen Rucksack und schon begannen sie loszumarschieren.

Wenn man den Weg die Klostermauer entlang hinter sich gebracht hatte, sah man erst, wie schön es hier war.

Gleich hinter dem Kloster ging es einen kleinen Hang mit Obstbäumen hinab, der unten vor einer Waldlichtung mit einem Bach endete. Der Weg führte zwischen Mais- und Getreidefeldern hindurch zum Wald, der vor den aufragenden Bergen anstieg. Es waren keine großen Berge, aber sie überragten den davor liegenden Wald mit imposanten Zinnen. Das Sonnenlicht brachte die Berge zum Leuchten und warf durch so manche hervorstehende Felswände geheimnisvolle Schattenbilder an die Wand. Wenn man sich umdrehte, lag das Kloster umgeben von Wäldern und kleinen Bergen geschützt im Tal. Vom drei Kilometer weit entfernten kleinen Dorf sah man noch die Kirchturmspitze hervorragen. Es war einfach eine wunderschöne ländliche Gegend.

Thomas und Markus marschierten mit einem gemütlichen Wandertempo zwischen den Feldern den Weg entlang. Kein Fremder, der sie gesehen hätte, würde erkennen, dass sie angehende Klosterbrüder waren. Sie trugen beide ausgewaschene Jeans und kurzärmelige Hemden, die sie wegen der Hitze aufgeknöpft hatten.

Teilweise marschierten sie, ohne auch nur ein einziges Wort zu sagen, minutenlang vor sich hin. Beide genossen in diesen Momenten einfach nur den wunderschönen Tag und die Landschaft. Es war sehr angenehm, als der Weg dann in das angrenzende Waldstück führte. Hier konnte man sich in den schattigen Stellen, die von den Baumwipfeln auf den Boden geworfen wurden, etwas erfrischen. Und man war nicht permanent der Sonne ausgeliefert.

Wie eine kleine Märchenstraße wand sich der Weg durch den mit viel Sonne durchleuchteten Wald. Die Sonnenstrahlen brachen sich tausend Mal an den Ästen der Bäume und ließen so ein traumhaftes Bild aus Licht und Schatten entstehen. Thomas und Markus blieben an einem Wegweiser stehen, von dem aus man in drei Richtungen gehen konnte. Der eine führte auf eine Almhütte, ein anderer auf eine Hütte unterm Gipfelkreuz und der dritte Wegweiserpfeil zu einem nahe gelegenen Wasserfall. „Welchen der drei wollen wir nehmen?", fragte Thomas und schaute dabei auf den aus Holz gemachten Wegweiser. „Der Aufstieg zur Hütte unter dem Gipfelkreuz kommt wohl nicht in Frage. Er dauert laut Angabe auf dem Schild etwa vier bis fünf Stunden!", antwortete Markus. „Lass uns auf die Almhütte gehen. Mit zweieinhalb Stunden Marsch bleibt uns dort noch viel Zeit, den schönen Tag zu genießen." Markus schaute Thomas an und der wiederum stimmte mit einem leichten Kopfnicken dem Vorschlag zu. Sie nahmen beide noch einen Schluck aus ihren Trinkflaschen und begannen ihre Wanderung fortzusetzen. Der Weg wurde nach einigen hundert Metern immer mühsamer und schwieriger. Er ging schräg über einen stark abfallenden Hang und war mehr ein ausgetrampelter Pfad, auf dem so mancher Stein hervorragte. Auf dem ganzen Hügel waren nach unten und oben kleine Baumgruppen verteilt, die meist nur aus drei bis vier Bäumen bestanden. Auch der Weg ging ungleichmäßig mal hinauf und dann ein paar Meter wieder hinunter.

Markus fing plötzlich laut zu lachen an und lehnte sich an einen großen Stein, der am Weg aus der Erde zu wachsen schien. Er stützte sich mit beiden Händen auf seine Oberschenkel und schüttelte vor Lachen nur noch den Kopf. Thomas wusste in diesem Moment überhaupt nicht, was los war, und schaute Markus nur fragend an. Der hörte daraufhin kurz mit seinem Gelächter auf und legte dann aber sofort wieder los. Thomas schmunzelte kurz, obwohl er gar nicht wusste, um was es eigentlich ging.

„Was ist, warum lachst du?", fragte er Markus. Der musste sich kurz zusammenreißen, um die Frage beantworten zu können. „Du bist gerade in einen richtig dicken und fetten Kuhfladen getreten." Thomas beendete sofort sein Schmunzeln und schaute mit einem sich langsam senkenden Kopf nach unten auf seine Schuhe. Tatsächlich, er stand mit dem rechten Bein in einem fetten Fladen. Wie von einer Nadel in den Hintern gestochen sprang er mit einem Satz aus dem Haufen.

„Oh Mann, so ein Mist!", rief er.

„Im wahrsten Sinne des Wortes!", fügte Markus mit einem Lachen hinzu. „Über den ganzen Hügel sind die Kuhhaufen verteilt. Hast du das denn noch nicht bemerkt?" Thomas schaute sich um, während er den Mist von seinen Schuhen im Gras abstreifte.

„Natürlich habe ich die Haufen gesehen. Aber die letzten Meter bin ich mit meinen Gedanken einfach bei dieser schönen Landschaft und der Umgebung gewesen.", antwortete er und streifte weiter die Schuhe im Gras ab.

Nachdem Thomas den Mist wieder einigermaßen von seinen Schuhen gekratzt und Markus sich von seinem Lachanfall erholt hatte, begannen sie wieder weiterzumarschieren. Thomas versuchte nun genau auf jeden seiner Schritte zu achten, um nicht noch mal zum Gespött von Markus zu werden.

Mit jedem Meter, den sie weiter aufstiegen, wurde nun auch das Läuten der Kuhglocken immer lauter. Es kam aus verschiedenen Richtungen die Alm herunter, auf der die Kühe den Sommer über weideten. Auch die Schritte von Thomas und Markus wurden nun immer träger und langsamer. „Schau, da oben kann man die Hütte schon sehen", rief Markus, der hinter Thomas marschierte. Beide blieben kurz stehen und waren sichtlich erleichtert, es bald geschafft zu haben. Markus legte seine Hand auf Thomas' Schulter. „Gleich haben wir unser Ziel erreicht", sagte er und ging langsam an Thomas vorbei. Thomas wischte sich kurz den Schweiß von der Stirn und hängte sich an seine Fersen.

„Was für eine Aussicht!", rief Thomas, als sie oben angekommen waren, er sich umdrehte und über das Tal schaute. „Dieser Aufstieg hat sich wirklich gelohnt!", erwiderte Markus und setzte sich erst mal auf einen Wassertrog, der vor der Hütte stand. Thomas riss sich sofort sein Hemd vom Oberkörper und erfrischte sich an dem glasklaren Wasser, das aus einer dicken Leitung den Berg herunterkam. Er merkte gar nicht, wie bewundernd ihn Markus dabei von oben bis unten anschaute.

Nachdem sich beide vom Aufstieg erholt hatten, machten sie es sich auf der Bank vorm Haus gemütlich und packten ihr Essen auf dem Tisch aus. Ohne viele Worte zu verlieren, machten sie sich über das Mitgebrachte her und genossen dabei die Sonnenstrahlen, die wolkenlos auf sie herunterschienen.

„An was denkst du?", fragte Markus, als er Thomas mit geschlossenen Augen neben sich sitzen sah. Thomas hielt sein Gesicht der Sonne entgegen und antwortete: „Solche Momente habe ich auch schon mal mit einer Freundin genossen, aber das ist schon eine Weile her." Thomas hatte dabei ein leichtes Schmunzeln im Gesicht und wirkte sehr zufrieden. „Hast du sie geliebt?", fragte Markus neugierig nach.

Thomas setzte ein leichtes Lächeln auf und nickte dabei nur ganz leicht mit dem Kopf. „Aber das ist vorbei", sagte er kurz darauf. „Und du, hast du schon mal jemanden geliebt?", wollte Thomas nun wissen. Markus drehte den Kopf Richtung Thomas und schaute ihn nachdenklich an. Als Thomas keine Antwort bekam, öffnete er seine Augen und schaute ebenfalls zu Markus. Beide sahen sich nun, ohne ein Wort zu verlieren, an. „Ja, ich war auch schon mal verliebt", kam es Markus dann leise über die Lippen. „Und ich bin gerade dabei, mich wieder zu verlieben." Thomas schluckte und wusste nicht, was er darauf antworten sollte. Es war eindeutig, in wen Markus sich zu verlieben schien. Er hatte es schon längere Zeit so ein Gefühl, dass Markus anders sein könnte als er.

Aber das Erstaunliche daran war, dass Thomas selber schon nicht mehr wusste, welche Gefühle und Gedanken in seinem Kopf rumschwirrten. Markus beendete die ganze Situation, indem er plötzlich aufstand und ein paar Meter vom Haus wegging. Er streckte die Arme in den Himmel und fing an sich ausgiebig zu recken. Thomas beobachtete ihn von der Bank aus. Er musterte ihn von oben bis unten und stellte dabei fest, was für ein schöner und interessanter Mann Markus doch war.

Nachdem sie ihr Essen vor der sengenden Hitze in Sicherheit gebracht hatten, gingen sie ein paar Meter weiter den Hügel hinauf. Dort stand ein riesiger Tannenbaum, unter dessen Schatten sie es sich gemütlich machten. Sie sagten beide kein Wort. Dann legten sie sich auf den Rücken nebeneinander und genossen das Strahlenspiel der Sonne durch die Baumwipfel hindurch. Das Wandern hatte beide ziemlich müde gemacht und so schliefen sie, begleitet von leisen Kuhglocken, auf der Alm ein.

Es war ein wunderschöner Sommertag. Die Sonne hatte freie Bahn, sich über Berg und Tal auszubreiten. Nicht die kleinste Wolke stellte sich ihr an diesem Tag entgegen. Nur ein kleiner und leichter, aber warmer Wind strich durch die Baumwipfel. Einige der Kühe suchten ebenfalls vor der sengenden Hitze unter so manchem Baum einen schattigen Platz. Über der Bergkante ließ sich ein Bussard, fast ohne mit den Flügeln zu schlagen, vom Aufwind immer höher in den Himmel tragen.

Thomas wurde im Traum gerade richtig angenehm verwöhnt. Er spürte, wie seine Hand gestreichelt wurde. Langsam und leicht glitten zärtliche Finger seinen Arm hoch und wieder runter. Er setzte ein kleines Lächeln auf und genoss dieses wohltuende Gefühl. Manchmal glaubte er sogar, ganz leichte Lippenberührungen auf seinem Arm zu spüren. Es war ein herrliches und angenehmes Gefühl, so zärtlich liebkost zu werden.

Ein paar Minuten später schlug Thomas dann die Augen auf. Nur noch das Gesicht lag im Schatten des Tannenbaumes, der untere Teil des Körpers wurde schon wieder von der Sonne aufgeheizt. Dann zuckte Thomas kurz in sich zusammen. Er spürte immer noch ein angenehmes Gefühl in seiner Hand, etwas, das ihn außer der Sonne ebenfalls noch aufwärmte. Er schluckte kurz, drehte seinen Kopf dann ganz langsam nach rechts und schaute nach unten. Ihm stockte der Atem. Er lag Hand in Hand mit Markus unter dem Baum. Nun fiel ihm auch sein Traum wieder ein, vom Streicheln, Küssen und von zärtlichen Berührungen. War es überhaupt ein Traum gewesen? Diese Frage schoss ihm in diesem Moment durch den Kopf. Er schaute Markus an, der immer noch friedlich vor sich hinschlummerte. Aber das Gefühl von vorhin war so intensiv und prickelnd, wie er es schon lange nicht mehr verspürt hatte. War es wirklich Markus gewesen, der ihn gestreichelt und seine Hand geküsst hatte? Er schaute wieder hoch in die Baumwipfel und tausend Gedanken liefen ihm durch den Kopf. Er stellte erst jetzt fest, dass er immer noch die Hand von Markus hielt.

Markus, ein angehender Klosterbruder, genauso wie er! Ein sehr hübscher, interessanter und doch so fremder Mann. Thomas ertappte sich dabei, wie er von dem Mann neben sich zu schwärmen begann und dabei Gefühle aufkommen ließ, die er noch nie zuvor hatte. Hatte er sich in einen Mann verliebt? Er öffnete sogleich seine Augen und drehte den Kopf wieder zu Markus hin. Dieser hatte einen sehr zufriedenen Gesichtsausdruck und man konnte nicht erkennen, ob er wirklich schlief oder das Ganze nur mit geschlossenen Augen genoss. Nun blickte Thomas wieder auf die Hände, die sich zärtlich übereinander berührten. Ganz langsam und leicht versuchte er nun, seine Hand, die unter der von Markus lag, herauszuziehen. Als die Hand von Markus auf das Gras fiel, öffnete er die Augen. Er drehte sich ganz langsam Thomas zu und schaute ihn an, ohne ein Wort zu verlieren. Er hatte immer noch einen sehr zufriedenen Blick und ein leichtes Schmunzeln auf seinen Lippen. Thomas wusste nicht, ob Markus wusste, was passiert war. Er wusste ja selber nicht einmal, ob überhaupt etwas zwischen den beiden geschehen war. Hatte

Markus ihn wirklich auf den Arm geküsst und gestreichelt?

Sie sahen sich beide immer noch an, ohne dabei etwas zu sagen. Plötzlich hob Markus seine Hand und legte sie auf das Gesicht von Thomas. „Lass uns wieder aufbrechen, wir müssen langsam zurück!", sagte er und nahm seine Hand wieder von Thomas' Gesicht. Markus stand auf, klopfte sich kurz ab und ging Richtung Hütte.

Thomas lag immer noch da, so als wüsste er nicht, was mit ihm geschehen war. Er schaute Markus noch hinterher, der inzwischen schon fast an der Hütte war. Nun raffte sich auch Thomas auf, klopfte sich ein paar Grashalme von der Kleidung und ging ebenfalls zur Hütte. Er wirkte geistig etwas abwesend und sehr nachdenklich, als er den Hügel runter ging. Markus hatte in der Zwischenzeit schon den Rucksack gepackt und war aufbruchbereit. „Bist du so weit?", fragte Markus, als Thomas ums Hauseck gebogen kam. „Ja, wir können losmarschieren." Beide spritzten sich zur Erfrischung noch etwas Wasser aus dem Trog ins Gesicht und dann gingen sie los. Thomas ging einige Schritte hinter Markus und schaute ihn die ganze Zeit an. Er musterte ihn förmlich von oben bis unten. Immer wieder kam Thomas auf dem holprigen schmalen Weg leicht ins Stolpern. Es war auch kein Wunder, denn seine Augen und Gedanken waren ganz woanders. Immer wieder hatte er die Szene unter dem Baum vor Augen. Und auch der Gedanke, dass Markus ihn vielleicht gestreichelt und geküsst hatte, ging ihm nicht aus dem Kopf.

Markus marschierte indessen unbeirrt und sehr flott vorne weg. Man hatte fast schon den Eindruck, er würde vor etwas davonlaufen. „Bist du auf der Flucht?", fragte ihn Thomas, als er kaum noch mithalten konnte. „Nein, aber siehst du dort die schwarzen Wolken über die Berggipfel ziehen? Das sieht sehr nach Gewitter und Regen aus." Thomas drehte sich zur Seite und schaute zum

Himmel. „Tatsächlich, da scheint sich was zusammenzubrauen."

Ziemlich dunkle Wolken zogen über dem Berggipfel auf und leichter Nebel senkte sich langsam den Berg herunter. Es war ein wie von der Natur hervorragend gemaltes Bild. Von der Talseite her traumhaft schönes Wetter und wolkenloser Himmel bis zur Bergspitze. Von dort aber, über die Berge hinweg, ein jetzt endlos scheinendes Wolkenmeer, das immer schneller näher kam. Nun fing auch Thomas an sein Marschtempo zu beschleunigen und schloss sich Markus an.

Von der Ferne konnte man schon das eine oder andere Grollen des Donners hören. Sie waren inzwischen am unteren Ende des Hügels angekommen und marschierten mit zügigen Schritten durch den kleinen Waldstreifen. Als sie diesen schließlich hinter sich hatten, lag vor ihnen nur noch der Weg durch die Erntefelder zum Kloster.

Sie sprachen beide kein Wort mehr und aus dem gemütlichen Marschieren wurde schon fast ein leichtes Joggen. Von den dunklen Wolken wurden sie mittlerweile schon eingeholt und sogleich spürten sie die ersten Regentropfen auf ihrer Haut.

Noch bevor es richtig zu regnen begann, erreichten sie schließlich das Kloster.

„Das war knapp!", sagte Markus, als sie unter dem Vordach des Innenhofes zu den Unterkünften gingen. „Ja, da haben wir noch mal Glück gehabt!", antwortete Thomas. Sie setzten sich beide kurz auf die Hausbank vor dem Eingang, als es schließlich wie aus Kübeln zu regnen anfing. Der Himmel zog sich richtig zu und ein heftiges Gewitter ging nieder.

Nachdem sich beide frisch gemacht hatten und alle Klosterbrüder von ihrem freien Tag zurückgekehrt waren, trafen sie sich nach dem Abendgebet zum Essen wieder. „Na, hattet ihr einen schönen Tag oben am Berg heute?", fragte Pater Antonius, als er kurz bei ihnen am Tisch stehen blieb. Thomas und Markus schauten sich kurz an, dann antwortete Markus: „Es war toll dort oben. Wir haben viel gesehen und auch einiges erlebt." Einiges erlebt, das dachte sich auch Thomas in diesem Moment. Er wusste nicht, ob Markus das Gleiche meinte wie er. Pater Antonius nickte kurz mit dem Kopf und ging wieder weiter. Als Markus mit dem Essen fertig war, stand er sogleich auf und räumte seinen Tisch ab. „Wir können uns später noch treffen, wenn du Lust hast", sagte er zu Thomas. Dann trug er seinen Teller weg und ging aus dem Speiseraum. Auch Thomas beendete kurz darauf sein Abendessen und ging auf sein Zimmer.

Thomas zuckte kurz hoch, als es plötzlich ganz leicht an seiner Zimmertür klopfte. Er lag schon im Bett und wusste nicht so recht, ob er öffnen sollte. Als sich das Klopfen aber wiederholte, stand er auf und ging leise zur Tür. Er wollte gerade den Türgriff in die Hand nehmen, als dieser ganz langsam nach unten ging. Er rührte sich keinen Millimeter und selbst sein Atem blieb kurz stehen. Die Neugier war mittlerweile aber so groß, dass er schließlich den Schlüssel umdrehte und die Tür ganz langsam einen Spalt öffnete. Er war einerseits überrascht, aber andererseits auch erleichtert, als er sah, wer draußen stand.

„Darf ich kurz reinkommen?", fragte Markus mit leiser Stimme. Er schaute dabei kurz den Flur nach rechts und nach links. Ohne ein Wort zu verlieren, öffnete Thomas die Tür und Markus trat ein. Nachdem Thomas die Tür wieder verschlossen hatte, standen sich beide gegenüber und sagten kein Wort. Dann ging Thomas zum Fenster, zog den Vorhang etwas auf und schaute in den finsteren und verregneten Klostergarten. Er kippte ganz leicht das Fenster und man hörte, wie der Regen auf die Fensterbank niederprasselte. Er stand wie angewurzelt da, als er plötzlich den Atem von Markus ganz nah an seinem Hals spürte. Er reagierte in keiner Weise und schwieg noch dazu. Nun spürte er beide Hände von Markus, die ganz leicht und langsam über seinen Rücken glitten. So leicht wie eine Feder berührten und streichelten ihn zärtliche Finger am Hals. Thomas schloss die Augen, als die Hände nach vorne kamen und seine Knöpfe des Nachthemdes öffneten. Ganz langsam wurde das Hemd nach hinten gezogen und streifte schließlich über seinen Rücken nach unten. „Was geschieht hier eigentlich?", dachte sich Thomas, wollte es aber nicht verhindern, dieses wohltuende Gefühl über sich ergehen zu lassen. Sanft und zärtlich streichelten die Finger an seinem Rücken auf und ab. Er konnte den Atem ganz dicht auf seiner Haut spüren, bemerkte aber keine anderen Berührungen als die Hände auf seinem Rücken. Immer wieder wechselte dieser leichte Hauch von der einen auf die andere Seite.

Thomas' Kopf bewegte sich wie in Trance hin und her und er genoss sichtlich jede dieser für ihn ungewohnten Berührungen. Seine vor Angst oder Leidenschaft verschwitzte Stirn war nicht zu übersehen. Als die Hände dann unter den Achseln seitlich nach unten und wieder nach oben gingen, musste er ganz tief Luft holen. Ein Zucken der Zufriedenheit lief durch seinen Körper und er dachte daran, wie neu es doch für ihn war.

Er spürte noch einmal ganz nah den Atem an seinem Genick, als die zärtlichen Hände dann von seinem Körper ließen.

Er hatte die Augen immer noch geschlossen und hörte das leise Rauschen des Regens draußen im Garten.

Als er plötzlich hörte, wie die Zimmertür hinter ihm ins Schloss fiel, öffnete er die Augen und ließ seinen Kopf langsam nach unten fallen. Thomas wusste in diesem Moment nicht, ob er über das plötzliche Verschwinden von Markus froh oder traurig sein sollte. Dieses Gefühl, diese Zärtlichkeiten so genossen zu haben, machte ihm auf eine gewisse Art irgendwie Angst. Andererseits war es ein so angenehmes und wohltuendes Gefühl, dass es ihm jetzt, wo es weg war, direkt fehlte.

Er drehte sich langsam um und starrte einige Minuten zur Tür. An seinem Blick konnte man sogar erkennen, wie er noch darauf wartete, dass Markus noch mal zurückkam. Ganz langsam ging er schließlich auf die Tür zu, griff zum Schlüssel und verschloss sie. Er blieb noch einige Sekunden stehen, so ganz in der Hoffnung befangen, es könnte jeden Moment noch mal klopfen.

Thomas machte in dieser Nacht fast kein Auge zu. Seine Gedanken fuhren Achterbahn und seine Empfindungen Markus gegenüber konnte er selber schon nicht mehr einschätzen. Teilweise hatte er sogar das Gefühl, dass Markus ihm fehlte. Kaum waren ihm die Augen für ein paar Minuten zugefallen, wachte er schweißgebadet wieder auf und schoss in die Höhe. Er versuchte mit aller Gewalt gegen sein Gefühl anzukämpfen. Gegen das Gefühl, sich in Markus verliebt zu haben. Immer wieder gingen ihm die letzten Tage durch den Kopf und er drehte sich im Bett von links nach rechts.

Irgendwann mitten in der Nacht stand er plötzlich auf, ging zum Fenster, öffnete es und holte tief Luft. Er hatte keine Zweifel mehr und war sich jetzt auch ganz sicher. Er war in Markus verliebt.

Noch nie zuvor hatte er solche Gefühle einem Menschen gegenüber empfunden, wie er sie die letzten Tage hatte. Schon allein der Gedanke an die Zärtlichkeiten heute Nacht am Fenster lösten in Thomas ein Verlangen nach mehr aus. In diesem Moment empfand er das Gefühl von Liebe. Liebe zu einem Mann, der all das aus ihm herausholte, was er schon lange verloren zu haben glaubte. Er ließ das Fenster offen und legte sich wieder, irgendwie zufrieden wirkend, in sein Bett. Ganz langsam fielen ihm jetzt immer wieder die Augen zu, wenn er an die letzten Tage mit Markus dachte. Als er nun glaubte, mit sich und seinen Gefühlen im Reinen zu sein, drehte er sich auf die Seite, holte noch mal tief Luft und begann einzuschlafen.

Die Blicke von Thomas und Markus suchten sich in den nächsten Tagen immer wieder. Blicke, wie sie nur welche tätigen konnten, die etwas füreinander empfanden. Sie verbrachten jede freie Minute zusammen und versuchten auch die Arbeiten im Kloster, soweit es ging, gemeinsam zu machen.

Obwohl beide die gleichen Gefühle füreinander verspürten, hatten sie noch kein einziges Mal darüber gesprochen. Immer wieder gab es Momente, dem anderen die Gefühle zu zeigen.

Wenn sie draußen im Obstgarten waren, um die heruntergefallenen Äpfel einzusammeln, kam es immer wieder zu zärtlichen Berührungen. Ihre Hände trafen sich so manches Mal am gleichen Apfel und streichelten sich nur für einen kurzen Moment. Jeder der beiden konnte die Gedanken des anderen lesen, aber keiner wagte es, sie anzusprechen. Für Thomas waren diese Gefühle so neu, dass er gar nicht wusste, wie er offen damit umgehen sollte. Und dann war da ja immer noch das Problem, in einem Kloster zu sein. Den Grund, warum er eigentlich hier war, hatte Thomas schon fast vergessen. Er wollte doch alleine sein, einen Lebensweg einschlagen ohne Kummer und Sorgen und sich ganz der Führung Gottes hingeben.

Immer wieder wurde er nachts wach und sein Körper war schweißgebadet. Er war sich im Klaren, dass seine Gefühle Markus gegenüber nicht mehr aufzuhalten waren. Dennoch holte ihn immer wieder die Vergangenheit in seinen Träumen ein. Er hatte schon so manches Mal das verloren, was er am liebsten hatte.

Was, wenn das auch bei Markus der Fall sein sollte? Er hatte jetzt schon das Gefühl, ihn nicht mehr verlieren zu wollen.

Und so schlief er mit seinen ungelösten Fragen und Gedanken immer wieder in so manch unruhiger Nacht ein.

Als sie eines Morgens wieder am Frühstückstisch saßen, kam Pater Michael an ihren Tisch.

„Ihr sollt euch doch bitte beide nach dem Frühstück bei Pater Antonius melden!", sagte er wie immer mit einem freundlichen, leicht aufgesetzten Lächeln. „Danke!", antwortete Markus und trank wieder in Ruhe aus seiner Kaffeetasse. Pater Michael nickte nur kurz und ging wieder weiter. „Was glaubst du, will er von uns?", fragte Thomas. Er hatte dabei einen leicht beunruhigten Blick, als er Markus diese Frage stellte. Dieser hatte den Mund gerade ziemlich voll und so zuckte er nur kurz mit den Schultern. Beide schauten sich ein paar Sekunden, ohne etwas zu sagen, in die Augen. Kurz darauf standen sie auf, räumten ihren Tisch und gingen aus dem Frühstücksraum.

Ohne es selber so richtig zu bemerken, hielten sie für einen kurzen Moment ihre Hände auf dem Weg zu Pater Antonius. Als beide dann vor der Tür hinter dem Altar in der kleinen Kirche standen, schauten sie sich kurz an, bevor Markus dann anklopfte.

„Ja bitte!", hörten sie und Markus öffnete die Tür. „Guten Morgen", sagte Pater Antonius. „Setzt euch doch, bitte!"

Beide machten sich die zwei Stühle vor dem Schreibtisch zurecht und setzten sich hin. Auch Pater Antonius, der vor dem Bücherregal stand, ging nun auf seinen Platz.

Er faltete die Hände und legte sie auf den Tisch. „Ihr könnt euch sicher denken, warum ich euch herbestellt habe?" Thomas' Herz fing plötzlich wie wild an zu rasen. Waren die Gefühle zwischen ihm und Markus die letzten Tage so offensichtlich gewesen, dass sie von den anderen bemerkt worden waren? Diese Frage schoss ihm sofort durch den Kopf. Auch Markus wirkte in diesem Moment etwas unruhig, aber versuchte, es sich nicht anmerken zu lassen. „Ihr seid nun ja schon eine Weile hier", fuhr Pater Antonius fort, „und habt euch, wie zu erkennen war, sehr gut dem Leben im Kloster angepasst und, wie ich hoffe, auch verschrieben!"

Dann fing Pater Antonius an, die letzten Wochen mit Thomas und Markus Revue passieren zu lassen, und erzählte von seinen Eindrücken den beiden gegenüber. Immer wieder, während Pater Antonius erzählte, sahen sie sich kurz an und ließen die geschilderten Momente durch ihre Köpfe gehen.

„Und somit möchten wir euch am nächsten Wochenende offiziell in unsere Bruderschaft im Kloster aufnehmen!" Als Pater Antonius mit diesem Satz sein Gespräch zum Abschluss brachte, fingen beide an, nervös mit ihren Füßen zu wippen.

„Ihr habt nun Zeit, euch in dieser Woche auf den neuen Lebensweg vorzubereiten.", fügte er hinzu.

Thomas und Markus nickten kurz mit dem Kopf, standen auf und gingen aus dem Zimmer. Ohne auch nur ein Wort zu verlieren, marschierten beide über den Klosterhof ins Nebengebäude. Thomas öffnete seine Zimmertür und schaute Markus, der noch mit zwei anderen Brüdern den Flur entlangging, nach. Er schloss die Tür hinter seinem Rücken und lehnte sich an dieselbe. Nun holte er tief Luft und begann die Worte von Pater Antonius zu verarbeiten. War er wirklich so weit, um als Klosterbruder zu leben? Ausgerechnet jetzt, wo er glaubte, einen Menschen gefunden zu haben, der all seine Gefühle auf den Kopf stellte? Der Gedanke, seine Gefühle Markus gegenüber in Zukunft verheimlichen zu müssen, machte ihn fertig.

Er schloss seine Augen, lehnte sich mit dem Hinterkopf an die Tür und fing an zu träumen.

Er sah sich und Markus gemeinsam Urlaube verbringen, Zärtlichkeiten austauschen, von denen er bisher immer nur geträumt hatte. Sie lagen gemütlich und zufrieden bei einem Fernsehabend auf dem Sofa zuhause.

Zuhause? Dieser fragende Gedanke schoss Thomas in diesem Moment durch den Kopf. Wie sollte er da seine Gefühle Markus gegenüber erklären? Musste er es ihnen überhaupt erklären? „Nein", sagte er sich, „ich bin doch hier im Kloster! Will ich überhaupt meine Gefühle im Kloster ausleben und sie ein Leben lang verstecken?"

Eine Frage nach der anderen raste jetzt durch seinen Kopf. Immer wieder klopfte er dabei leicht mit dem Hinterkopf gegen die Tür.

Er stellte sich eine Frage nach der anderen und konnte sie aber alle nicht beantworten. Und dann war da auch noch Markus! Was genau waren seine Gedanken zur anfallenden Entscheidung? Und vor allem, wie stand er zu den Gefühlen ihm gegenüber? Thomas' Ungewissheit auf all diese Fragen ließen ihn innerlich fast ausrasten. Immer wieder schaute er zur Zimmerdecke und schüttelte dabei langsam den Kopf.

In diesem Augenblick klopfte es ganz leicht an der Tür. Thomas dachte sich im ersten Moment, er wäre es mit dem Kopf gewesen. Als es aber noch mal klopfte und er sich sicher war, den Kopf nicht bewegt zu haben, ging er einen Schritt nach vorne und drehte sich um. Ganz langsam legte er seine Hand auf den Türgriff und drückte ihn nach unten. Er öffnete sie und sah Markus vor sich stehen. „Komm rein!", sagte er zu ihm und ging mit der Tür in der Hand einen Schritt zurück. Markus trat ein und blieb vor der kleinen Tischgruppe stehen. Thomas schaute draußen noch mal kurz den Flur entlang und schloss dann die Zimmertür.

Er ging auf Markus zu und blieb einen Schritt vor ihm stehen. Beide schauten sich in die Augen und sagten einen Moment lang kein Wort.

„Ich weiß nicht mehr weiter!" Kam es nach ein paar Sekunden über die Lippen von Markus. „Wenn es bei dir der gleiche Grund ist wie bei mir, dann kenne ich dieses Gefühl, als hätte ich es erfunden.", antwortete Thomas. In diesem Moment fielen sie sich in die Arme und drückten sich gegenseitig so stark, wie sie nur konnten.

Sie verloren dabei kein einziges Wort, sondern hielten sich nur fest. Dann lösten sie ihre Umarmung und standen sich nun ein paar Zentimeter voneinander entfernt gegenüber. Markus hob seine Hand und fing an, Thomas über die Wangen zu streicheln. Dies erwiderte nun auch Thomas und legte seine Hand auf das Gesicht von Markus. Beide schlossen nun ihre Augen und genossen die zärtlichen Streicheleinheiten des anderen. So sanft wie eine Feder berührten und tasteten ihre Finger über das Gesicht des anderen. Markus ließ seinen Kopf leicht nach hinten fallen, als Thomas an seinem Ohr entlang den Hals runter streichelte. Ihre Lippen waren nur Zentimeter voneinander entfernt. Sie konnten den leicht erregten Atem des anderen auf ihrem Gesicht spüren. Doch keiner der beiden wagte den ersten Schritt, seine Lippen auf die des anderen zu setzen. Thomas hatte sogar das Gefühl, Markus gehe seinem Versuch, ihn zu küssen, aus dem Weg. Ihr Streicheln wurde immer leidenschaftlicher und ging dann wieder in eine feste und innige Umarmung über. Sie blieben so einige Minuten stehen, bis Markus dann langsam anfing, die Situation zu beenden. Er streichelte Thomas noch mal kurz über die Wangen und ging dann langsam zur Tür. Nachdem er die Tür einen Spalt geöffnet hatte, drehte er sich noch mal zu Thomas um und ging dann aus dem Zimmer.

Thomas stand da, ließ den Kopf hängen und kam sich in diesem Moment ziemlich allein und verlassen vor.

„Wie soll das weitergehen?", dachte er sich. Und wieder war weder eine seiner vielen Fragen beantwortet noch sein Verlangen nach mehr Zärtlichkeit gestillt.

Einige der Klosterbrüder waren schon fleißig an der Arbeit, als Thomas in den Obstgarten kam. Es gab wieder einiges zu tun. Die Bäume mussten ausgeschnitten, heruntergefallene Äpfel eingesammelt werden und unten am kleinen Bach wurde gemäht. Thomas nahm sich einen Rechen und ging den kleinen Hang hinunter. Er begann das gemähte Gras in kleine Reihen zu rechen, um es so später leichter auf den Schubkarren verladen zu können. Immer wieder schaute er den Hügel hinauf und hielt Ausschau nach Markus. Es waren schon einige der Klosterbrüder an der Arbeit, aber von Markus keine Spur.

Seine Gedanken waren ganz woanders, als er plötzlich eine Hand auf seiner Schulter spürte.

„Was für ein herrlicher Tag, um sein Tagwerk zu vollbringen." Es war die Stimme von Pater Michael. „Ja", antwortete Thomas. „Es ist wieder ein wunderschöner Tag." Beide hatten sie den Kopf leicht an ihre Rechen gelehnt und schauten auf den Obstgarten. „Du hast nur noch eine Woche, um dir sicher zu sein, dass der Weg, ins Kloster zu gehen, für dich der richtige ist!", sagte Pater Michael mit sanfter und auf seine Art doch sehr ernster Stimme. „Viele, die schon hier bei uns waren, kamen nicht immer, um den Weg mit Gott zu gehen, sondern sie glaubten, vor irgendetwas davonlaufen zu müssen. Doch wer sich im Kloster nicht hundertprozentig für Gott entscheidet, der läuft wieder vor etwas davon."

Thomas drehte seinen Kopf leicht nach hinten und schaute Pater Michael fragend an.

Der trat einen Schritt nach vorne und fügte hinzu: „Der Weg ist nicht immer das Ziel, sondern wie und welchen Weg du gehst, ist entscheidend." Dann klopfte er Thomas noch mal leicht auf die Schulter und ging wieder an die Arbeit. Thomas blieb wie angewurzelt stehen und ließ sich die Worte durch den Kopf gehen. Was aber war der richtige Weg? Diese Frage stellte er sich und sah dabei zum

Kloster hoch. „Pater Michael!", rief er ihm nach ein paar Minuten nach. Dieser war unter einem der Bäume und sammelte Äpfel auf. „Danke!", sagte Thomas. Pater Michael drehte sich kurz um, nickte ganz leicht mit dem Kopf und machte dann mit seiner Arbeit wieder weiter.

Nach einer Stunde etwa machten Thomas und auch die anderen Klosterbrüder eine Pause. Während die einen kurz hinauf zum Kloster gingen, setzte sich Thomas ans Ufer des kleinen Baches. Er zog seine Schuhe aus und ließ die Füße ins Wasser hängen. Wie kleine Scheinwerfer ließ die Sonne auf der Wasseroberfläche ihre Sonnenstrahlen glitzern. Thomas nahm immer wieder einen Grashalm und warf ihn ins Wasser. Er verfolgte ihn, bis er schließlich hinter einer kleinen Kurve, die der Bach machte, verschwand. Immer wieder drehte er sich um und schaute den Hügel hinauf. Außer zwei, drei Klosterbrüdern, die unter einem Baum im Schatten saßen, war niemand zu sehen. Ob Markus sah, dass er hier unten am Bach saß? Diese Frage stellte er sich, während er immer wieder nach oben schaute. Auch die Worte von Pater Michael gingen ihm nicht mehr aus dem Kopf.

Als er ins Kloster kam, war er sich sicher gewesen, dass es nicht deshalb war, weil er vor etwas davonlief. Doch nun wusste er nicht mehr, wovor er davonlaufen sollte. War es der Weg, den er gewählt hatte, mit Gott zu gehen, oder lief er vor seinen Gefühlen davon. Gefühle, die er vorher noch nicht gekannt hatte und die ein unbeschreibliches Verlangen in ihm weckten, das Verlangen nach Zärtlichkeit und Leidenschaft mit Markus. Nun war Thomas an einem Punkt angelangt, an dem er selber nicht mehr weiterwusste. Nur er allein konnte die Entscheidung, im Kloster zu bleiben, treffen. Den Weg zusammen mit Markus zu versuchen und zu gehen, konnte er nur, wenn Markus das auch wollte. Aber was wollte Markus eigentlich, fragte er sich. Er war es doch eigentlich, der Thomas gegenüber von

Anfang an Gefühle zeigte, die er vorher so von einem Mann nicht gekannt hatte. Er fing auch mit Zärtlichkeiten an, von denen Thomas im Traum nicht mal wagte, sie von einem Mann zu träumen. Aber immer wieder, wenn das Verlangen nach mehr zu groß wurde, brach Markus die Zärtlichkeiten ab und ging. Es wirkte manchmal wie ein Davonlaufen. Ein Davonlaufen vor dem, was da noch kommen könnte. Diese Ungewissheit, nicht zu wissen, wie es weiterging, brachte Thomas innerlich zum Kochen. Immer wieder hob er den Fuß und schlug ihn dann auf eine fast schon wütende Art ins Wasser. Als er sich wieder einmal umdrehte, sah er die Klosterbrüder, die wieder anfingen, ihre Arbeit aufzunehmen. Nun stand auch er wieder auf, schlüpfte in seine Sandalen und machte sich wieder an seine Arbeit.

Am späten Nachmittag kamen alle Klosterbrüder, die auf den Feldern ihr Tagwerk vollbracht hatten, wieder zurück. Thomas kam als einer der Letzten vom Obstgarten und war ziemlich kaputt. Er ging gleich auf den kleinen Brunnen im Klosterhof zu, nahm eine Hand voll Wasser und erfrischte sich sein verschwitztes Gesicht und Genick. Gleich mehrere Male wiederholte er diese wohltuende Geste.

Immer wenn er seinen Oberkörper aufrichtete, hielt er Ausschau nach Markus. Es war seltsam, dass er seit dem Frühstück nicht mehr zu sehen war. Thomas wusste aber auch nicht, ob er nicht vielleicht von Pater Antonius eine besondere Aufgabe bekommen hatte. Thomas stand einfach nur da, lehnte sich an den Brunnen und dachte immer wieder an das kommende Wochenende. Denn an diesem sollten er und Markus fest ins Kloster aufgenommen werden.

Fest im Kloster, an der Seite eines Menschen, in den er sich verliebt zu haben glaubte? Diese Frage ging ihm immer wieder durch den Kopf. Da er sie aber alleine nicht beantworten konnte, ging er auf sein Zimmer und machte sich für das abendliche Gebet fertig.

Es waren eigentlich schon fast alle versammelt, als Thomas kurze Zeit später in der Kirche stand und diese begann. Doch nach wie vor war weit und breit kein Markus zu sehen. Immer wieder schaute Thomas nach links und rechts, vielleicht hatte er Markus doch nur übersehen. Als die Kirche schließlich dem Ende zuging, wusste er, dass Markus definitiv nicht anwesend war. Er würde ihn beim Abendessen fragen, was los war, so dachte er.

Nun saß Thomas schon ein paar Minuten am Tisch und war schon fast mit dem Essen fertig. Aber noch immer tauchte kein Markus auf. Wenig später räumte er seinen Tisch ab und ging hinaus in den Klostergarten. Kaum saß er auf der Bank, da kam auch schon Pater Antonius des Weges.

„Schönen Abend", sagte er und ging mit gemütlichen Schritten an Thomas vorbei. „Ist es nicht herrlich und beruhigend, wenn die letzten Sonnenstrahlen lange Schatten von der Klostermauer werfen?", fügte er noch hinzu. „Ja, das ist es wohl!", erwiderte Thomas.

„Ach ja", meinte Pater Antonius und blieb plötzlich stehen. „Weißt du, warum Markus das Kloster heute Morgen nach dem Frühstück verlassen hat? Er sagte nur, es wäre ihm sehr wichtig." In diesem Moment schoss es wie ein Blitz durch Thomas, aber er musste versuchen, sich diesen Schock nicht anmerken zu lassen. „Nein, keine Ahnung", und versuchte, dabei so ruhig wie möglich zu wirken. „Er wird den richtigen Weg finden!", meinte Pater Antonius, drehte sich um und ging wieder gemütlich weiter.

Nun fing das Herz von Thomas immer heftiger zu klopfen an. Jetzt verstand er auch die Abwesenheit von Markus. Er stand von der Bank auf und ging ziemlich verwirrt hin und her. Er fühlte sich in diesem Moment total verloren und allein gelassen. Allein gelassen mit einer Entscheidung, die er selber nicht mehr im Stande war, zu treffen. Doch noch schlimmer war das Gefühl, jemanden verloren zu haben, den man liebte. Dass es Liebe war, dessen war sich Thomas mittlerweile hundertprozentig sicher.

Dass er dieses Gefühl, verletzt und verlassen worden zu sein, mal wegen eines Mannes haben könnte, daran hätte er früher nicht mal im Traum gedacht. Thomas ging in sein Zimmer, öffnete das Fenster und starrte in den Klostergarten. Er mochte gar nicht daran denken, dass Markus vielleicht nicht mehr wiederkam. Was aber, wenn genau das der Fall war? Der Gedanke, ihn nicht mehr zu sehen und hier allein im Kloster zu bleiben, in dem sie einige zärtliche Momente erlebt hatten, dieser Gedanke machte es für Thomas im Augenblick unerträglich, hier zu bleiben. Aber jetzt genauso wie Markus davonzulaufen, kam für ihn nicht in Frage. Immer wieder gingen Thomas die letzten gemeinsamen Tage durch den Kopf. Er dachte an den Tag auf der Alm, wo sie gemeinsam Hand in Hand unter dem Baum gelegen waren. Während er so am Fenster stand, war es, als ob Markus genau wie vor ein paar Tagen hinter ihm seinen Rücken streicheln würde. Er schloss seine Augen und ließ sich diese unvergesslichen Minuten der Zärtlichkeit durch seinen Kopf gehen.

In dieser Nacht machte Thomas kein Auge zu und dachte immer nur daran, Markus auf keinen Fall verlieren zu wollen. Er machte sich sogar Vorwürfe, ihm nicht gestanden zu haben, dass er sich auch in ihn verliebt hatte und mit aller Entschlossenheit dazu stehen wollte. Vielleicht war das ja mit ein Grund, warum Markus gegangen war. Aber an das „Gegangen" wollte Thomas überhaupt noch nicht denken. Er drehte sich im Bett von einer auf die andere Seite und versuchte sich einzureden, dass Markus wiederkommen würde.

Thomas lag mit dem Gesicht zur Tür hin und hatte die Augen fast geschlossen, als er im Halbschlaf sah, wie der Türgriff an seiner Zimmertür ganz langsam nach unten ging. Er riss die Augen auf und richtete seinen Oberkörper auf. „Markus?", dachte er im ersten Moment. Diese ganze Situation kam ihm sehr bekannt vor, als hätte er sie erst gestern erlebt. Er starrte immer wieder auf den Türgriff und ließ ihn keine Sekunde aus den Augen. Nun stieg er aus dem Bett und ging auf leisen Sohlen Richtung Tür. Während er sich auf die Tür zubewegte, ging der Griff wieder ganz langsam nach oben. Thomas wusste nicht, wie er sich jetzt verhalten sollte. Er blieb einen Moment stehen und wartete kurz ab. Immer wieder hatte er Markus dabei im Kopf. Als er fest entschlossen war, die Tür zu öffnen, nahm er den Türgriff, drückte ihn nach unten und öffnete sie ganz langsam. Er machte die Tür dabei nur einen Spalt auf und ging einen Schritt zurück. Jede Sekunde, so dachte er, müsste jetzt Markus hereinkommen. Doch nichts von dem geschah. Thomas zog die Tür noch weiter an sich und beugte sich ganz leicht nach vorne. Nun schaute er zur Tür hinaus auf den Flur. Er setzte einen sehr nachdenklichen Blick auf, als er sah, dass niemand draußen stand. „Markus?", flüsterte er, so leise es ging, zur Tür hinaus. Nun wagte er einen Schritt auf den Flur. Vorsichtig, fast schon verängstigt, schaute er im Flur von links nach rechts. Kein Mensch war weit und breit zu sehen.

In diesem Moment hörte er, wie ganz leise eine Tür in ihr Schloss fiel. Kurz zuckte er zusammen und versuchte im dunklen Flur etwas zu erkennen. Doch nichts! Es war keiner zu sehen und auch nichts mehr zu hören. Thomas senkte seinen Kopf nach unten und ging wieder leise in sein Zimmer. Er machte die Tür hinter sich zu und überlegte kurz. Sollte er die Tür abschließen, was war dann, wenn Markus es noch mal versuchte, sie zu öffnen und er hört ihn nicht? Die Entscheidung, sie nicht zu schließen, war schnell getroffen.

Thomas schüttelte leicht, aber doch etwas nachdenklich seinen Kopf und ging wieder in sein Bett. Er begab sich in eine Schlafposition, in der er die Tür beobachten konnte. Mit aller Kraft versuchte er seine Augen in Blickrichtung zur Tür offen zu halten. Immer schwerer wurde es, die Augenlider nach oben zu drücken und den Blick zur Tür beizubehalten. Schließlich wurde er doch von seiner Müdigkeit überwältigt und schlief ein.

Am nächsten Morgen saß er voller Erwartung auf Markus am Frühstückstisch. Immer wieder richtete sich sein Blick zum Eingang des Frühstückraumes. Doch nach wie vor war von Markus nichts zu sehen. Obwohl Thomas mit seinem Frühstück schon fertig war, blieb er diesmal noch ein paar Minuten auf seinem Platz sitzen. Als alle Klosterbrüder gegangen waren und er schließlich als Letzter im Raum geblieben war, stand er auf, räumte seinen Tisch und ging. Wie von einem Magneten angezogen ging er an die Zimmertür von Markus und klopfte ganz vorsichtig an. Da er keine Antwort bekam, wurde sein Klopfen immer kräftiger. Schließlich nahm er die Türklinke in die Hand und öffnete ganz langsam die Tür. Noch einmal ging sein Kopf nach links und rechts, um den Flur zu beobachten, bis er dann einen Blick ins Zimmer werfen konnte. Doch zu seiner großen Überraschung war das Zimmer komplett leer. Es sah auch nicht so aus, als ob darin jemand wohnen würde.

Als Thomas gerade anfing darüber nachzudenken, spürte er plötzlich eine Hand auf seiner Schulter. Er zuckte kurz zusammen und drehte sich um. Wie aus dem Nichts und ohne auch nur einen Schritt von ihm zu hören, stand Pater Antonius hinter ihm. „Hallo, Thomas!", schmunzelte er. „Bist du mit deinem Zimmer nicht mehr zufrieden und suchst schon nach einer neuen Bleibe?"

Thomas wusste momentan überhaupt nicht, wie er reagieren sollte. „Nein", antwortete er schließlich. „Ich wollte nur mal sehen, ob alle Zimmer wirklich gleich aussehen." Pater Antonius lachte kurz und wollte auch schon wieder weitergehen, als er noch mal stehen blieb und sich zu Thomas umdrehte. „Falls Markus heute wieder zurückkommen sollte, sag ihm bitte, wenn du ihn siehst, ich möchte ihn gerne sprechen." Er nickte noch mal kurz mit dem Kopf und ging wieder weiter.

„Markus noch nicht da?", fragte er sich. Thomas setzte einen ziemlich nachdenklichen Blick auf und machte die Türe wieder langsam zu. Dann schoss es plötzlich wie ein Blitz durch seinen Körper. Er blieb stehen, senkte seinen Kopf und griff sich an die Stirn: „Wer zum Teufel war dann heute Nacht an meiner Zimmertür?"

Diese Frage konnte sich Thomas in diesem Moment nicht beantworten. Im Gegenteil, es machte ihm sogar ein bisschen Angst, nicht zu wissen, wer der unbekannte Nachtschwärmer war.

Den ganzen Tag, während Thomas seiner Arbeit nachging, dachte er an letzte Nacht. Immer wieder hatte er das Bild vor Augen, als der Türgriff seines Zimmers langsam nach unten ging. Jeder Moment, an dem er sich unbeobachtet fühlte, wanderte sein Blick von einem Klosterbruder zum anderen. Er konnte sich gar nicht vorstellen, dass einer dieser Männer versucht hatte, in sein Zimmer einzudringen. Aber es musste jemand aus dem Kloster gewesen sein. Außer den Klosterbrüdern hatte niemand um diese Zeit Zutritt zu den Wohnräumen. Auf der anderen Seite konnte er sich auch keinen dieser heiligen Gebetsbrüder vorstellen, etwas von ihm zu wollen. Immer wieder lief es ihm eiskalt den Rücken runter, wenn er den einen oder anderen Bruder beobachtete.

Er kam sich ohne Markus richtig allein und verlassen vor. Es fehlte einfach etwas. Und was das Schlimmste war, die Gefühle Markus gegenüber waren einfach schon zu intensiv, als dass er sie jetzt hätte vergessen können. Er war sich nun auch nicht mehr sicher, ob er überhaupt noch im Kloster bleiben wollte. Der Gedanke, immer wieder im Kloster an Markus erinnert zu werden, schmerzte ihn sehr. Und auch das Verlangen nach Zärtlichkeit wurde von Minute zu Minute größer. Er war sich nicht mehr sicher, ob er auf dieses wohltuende Gefühl verzichten wollte.

Doch all diese Gefühle und Gedanken, all diese Überlegungen, die er jetzt im Kopf hatte, kamen ihm bekannt vor. Genau so eine Situation brachte ihn vor Wochen überhaupt erst auf den Gedanken, in ein Kloster zu gehen. Es wäre wieder ein Davonlaufen vor etwas, was er angefangen hatte. Auf der anderen Seite lief er aber vor seinen Gefühlen davon. Gefühle einem Menschen gegenüber, wie er sie noch nie gehabt hatte.

Es war Mittwoch und Thomas ging gleich am Morgen noch vor dem Frühstück zu Pater Antonius. Er klopfte kurz an und öffnete sogleich, ohne lange auf eine Antwort zu warten, die Tür seines Arbeitszimmers.

„Guten Morgen, Thomas! Was führt dich denn schon so früh zu mir?", fragte Pater Antonius und lehnte sich in seinen Armlehnstuhl zurück. „Guten Morgen", erwiderte Thomas. Dann trat er zwei, drei Schritte bis kurz vor den Schreibtisch und blieb stehen. „Ich werde heute Mittag nachhause fahren!", sagte er mit entschlossener Stimme. „Ich habe noch ein paar Dinge zu erledigen, bevor ich in die Bruderschaft des Klosters eintrete." Pater Antonius sah ihn ein paar Sekunden, ohne ein Wort zu sagen, an. Er wusste, dass Thomas nichts Wichtiges zu erledigen hatte, aber er gab ihm das Gefühl, es zu glauben. „Natürlich kannst du nachhause fahren, wenn du noch was zu erledigen hast." Schon zu oft hatte Pater Antonius solche

Klosteranwärter kommen und gehen sehen. Er wusste genau, was sich in Thomas' Gedanken abspielte und stimmte dem Ganzen nun mit einem Kopfnicken zu.

Thomas ließ den Kopf leicht nach unten sacken, drehte sich langsam um und ging zur Tür. Als er draußen über den Klosterhof ging, schossen ihm tausend Gedanken durch den Kopf. Er wusste bald selber nicht mehr, was er überhaupt wollte, ob er nun gehen oder bleiben sollte. In seinem Zimmer angekommen fing er sofort an, seinen Koffer zu packen, bevor er wieder auf andere Gedanken kommen konnte. Noch einmal stellte er sein Gepäck im Zimmer ab, öffnete das Fenster und schaute über die Gartenanlage des Klosters. Sofort hatte er die Bilder mit Markus draußen auf der Bank im Kopf. Er holte noch mal tief Luft, schloss das Fenster, nahm seinen Koffer und ging aus dem Zimmer.

Es war 17.45 Uhr, als der ICE in den Bahnhof von Passau einfuhr. Am offenen Fenster des dritten Waggons stand Thomas und betrachtete die Häuser, die immer langsamer an ihm vorbeizogen, bis der Zug schließlich zum Stehen kam. Er war sichtlich erleichtert, wieder zuhause zu sein, und doch hatte er nach wie vor viele Gedanken im Kopf.

Auf dem Weg mit dem Taxi nachhause überwog für den Moment der Gedanke, wieder hier zu bleiben. Diese Absicht verstärkte sich, als er durch die kleinen Dörfer fuhr und durch die Landschaft, die er wie seine Hosentasche kannte. Als der Wagen vor seinem Elternhaus stehen blieb, kam es ihm vor, als wäre er jahrelang weg gewesen. Obwohl sich nichts am Haus und der Umgebung verändert hatte. Herzlich begrüßte ihn seine Mutter und fing gleich an, ihm viele Fragen zu stellen, die er aber so kurz und einfach wie möglich beantwortete. Er war froh, als er endlich in sein Zimmer kam und die Tür hinter ihm zufiel.

Nachdem ein paar Minuten der Besinnung vergangen waren, ging er unter die Dusche, um seinen Körper von der langen Zugfahrt wieder zu erfrischen.

Eigentlich hatte er vor, sich am Abend mit seinen alten Kumpeln zu treffen, aber nun hielt er diese Idee nicht mehr für so gut. All diesen Fragen, die sie ihm stellen würden, wollte er ausweichen und so beschloss er, nur etwas spazieren zu gehen. Es war ihm klar, dass er alleine wieder über so viele Dinge nachdenken würde, aber er hatte ja sowieso immer noch keine endgültige Entscheidung getroffen. Vielleicht, so hoffte er, würde ihm hier zuhause wieder bewusst werden, was er wirklich wollte.

Die Sonne stand schon ziemlich tief, als er den kleinen Feldweg hinter dem Haus in Richtung Wald ging. Auf dem Feld rechts am Hang war der Nachbar immer noch mit der Ernte zugange und schickte ihm mit der Hand einen Gruß zu. Es tat Thomas gut, die alten und vertrauten Gesichter wieder zu sehen. Das gab ihm ein noch innigeres Gefühl, wieder daheim zu sein. Der Weg, den er entlanglief, führte in ein Waldstück, durch das ein kleiner Bach strömte. Er marschierte gezielt diesen Weg, da dieser an einem Kreuz vorbeiging, an dem er früher schon immer viele Zwiegespräche mit dem Herrn geführt hatte. Es war wie in einem Märchenwald, als Thomas in den Wald eintrat. Die Sonnenstrahlen blitzten durch die Baumwipfel und ließen so manchen Baum in einem leichten Rot erscheinen.

Auch das Kreuz wurde im hellen Sonnenlicht erleuchtet. Es war für Thomas der absolute Ort des Vertrauens und der Geborgenheit. Wie schon an so vielen Tagen stellte er sich vor das Kreuz, faltete die Hände und begann zu beten. Immer wenn er hier mit Gott redete, fühlte er sich ihm so nah wie an keinem anderen Ort. Seelenruhig und tief ließ er hier die Stille und die Natur auf sich wirken.

Er entschuldigte sich beim Herrgott für die Gefühle Markus gegenüber, ließ aber keinen Zweifel aufkommen, in ihm den Partner für seine Zukunft gefunden zu haben. Thomas spürte die Kraft, die vom Kreuz ausging. Nachdem er sein Gebet beendet hatte, schloss er die Augen und ließ sich so manche Bilder mit Markus durch den Kopf gehen. Thomas war sich sicher, dass Markus auch das Gleiche für ihn fühlte, konnte sich aber sein plötzliches Verschwinden aus dem Kloster nicht erklären. Noch schlimmer war es für ihn, dass dieser, ohne auch nur ein Wort zu sagen, von heute auf morgen gegangen war. Vielleicht, so dachte sich Thomas, hatte es ja etwas mit dem Mann beim Klosterfest zu tun. Oder der Mann mit dem dunklen Auto, der damals außerhalb der Klostermauern auf Markus wartete. So viele Fragen, die da offen waren, aber es gab für keine eine Antwort. Genau das war es, was Thomas manchmal zur Verzweiflung brachte. Diese Ohnmacht, nichts zu wissen. Und dann war da auch noch die Entscheidung zu treffen, ins Kloster zu gehen oder wieder hier zuhause etwas aufzubauen. Er spürte immer mehr, dass es ohne Markus sehr schwer werden würde, egal für welchen Weg er sich auch entschied.

Sollte er ins Kloster zurückgehen, so wären da tagtäglich die Erinnerungen an Markus. Zu intensiv waren einige Momente, die er mit ihm verbracht hatte. Er würde in der einen oder anderen Situation immer wieder die Bilder vor Augen haben. Thomas war sich sicher, das Leben im Kloster ohne Markus auf die Dauer nicht lange durchhalten zu können. Sollte er nicht zurück ins Kloster gehen, so würde er nie erfahren, ob Markus nicht doch noch einmal gekommen war. Thomas setzte sich vor das Kreuz auf den Boden und senkte seinen Kopf. Man konnte dem Schatten zusehen, wie er ganz langsam am Kreuz entlang nach oben stieg. Auch das Zwitschern der Vögel wurde mit zunehmender Dunkelheit immer weniger, bis es schließlich ganz verstummte. Thomas stand auf und bekreuzigte sich, verbeugte sich noch mal kurz und machte sich wieder auf den Heimweg.

Es war wie die letzten Tage zuvor auch eine sternenklare und warme Nacht. Immer wieder blieb er stehen und blickte zum Himmel. Es würde sehr schwer für ihn werden, hier wieder etwas aufzubauen. Das Kloster bot ihm indessen Ruhe und Geborgenheit. Ebenso, so ging es ihm durch den Kopf, wusste er nicht, wie er hier mit seinen Gefühlen umgehen sollte. Aber auch die Vorstellung, in Zukunft als Klosterbruder auf Zärtlichkeit und körperliche Liebe verzichten zu müssen, machte ihn wieder unsicher. Thomas war sich dessen bewusst, bevor er den Weg ins Kloster antrat, doch die Gefühle zu Markus veränderten viele seiner früheren Spekulationen.

Am nächsten Morgen stand Thomas schon ziemlich früh auf und ging in die Küche zum Frühstücken. „Guten Morgen", sagte seine Mutter, „du bist aber früh dran." Thomas holte sich eine Kaffeetasse und ging zum Tisch. „Guten Morgen! Ja, ich bin es vom Kloster her gewohnt, so früh aufzustehen." Dann setzte er sich an den großen Küchentisch, nahm ein Stück Kuchen und begann zu essen. „Wann musst du wieder weg?", fragte ihn seine Mutter. Thomas sagte einen Moment lang kein Wort und kaute noch ein paar Sekunden an seinem Kuchen weiter. „Morgen Früh", antwortete er und zog dabei nicht gerade ein fröhliches Gesicht. Er war in der Nacht ziemlich lange wach gelegen und hatte sich Gedanken darüber gemacht, was er machen sollte. Bevor er aber zu einem Entschluss kommen konnte, war er eingeschlafen. „Ich werde heute in die Stadt fahren, vielleicht finde ich etwas für mich", sagte er seiner Mutter, stand auf und ging aus der Küche.

Es war wieder jede Menge los, stellte er fest, als er eine Stunde später mit dem Auto seines Vaters in ein Parkhaus fuhr. Es war fast ein wenig ungewohnt, so lange war er schon nicht mehr in der Stadt gewesen.

Ganz gemütlich und gelassen schlenderte er durch die kleinen Einkaufsgassen und betrachtete die herrlich dekorierten Schaufenster. Immer wieder sah er so manches Bekleidungsstück, das ihm zusagte, lief aber, ohne näher darauf einzugehen, gleich wieder weiter. Als er aus einer der Gassen in die große Fußgängerzone kam, hörte er plötzlich jemanden rufen: „Hallo Thomas!"

Er drehte sich um und sah Alex auf sich zugehen. Alex war ein alter Freund, mit dem er früher manchmal auch unterwegs gewesen war. „Hallo Alex! Wie geht es dir?", fragte er ihn, als er vor ihm stand.

„Gut, ich habe Urlaub und das Wetter ist herrlich. Was will man mehr? Aber die Frage sollte ich eigentlich dir stellen. Ist deine Klosterzeit schon vorbei oder suchst du schon eine Stelle als Pfarrer?", fragte Alex mit einem Grinsen im Gesicht.

„Nein, ich habe nur zwei Tage frei, um einige Dinge erledigen zu können.", antwortete Thomas.

„Hast du Lust und Zeit, um auf einen Kaffee zu gehen?", fragte Alex. Mit einem kräftigen Nicken sagte Thomas zu. Schon zogen sie los in das nächstliegende Café in der Fußgängerzone.

Nachdem die Bedienung ihre Bestellung aufgenommen hatte, fingen sie an, sich vieles zu erzählen. Alex wollte genau wissen, wie es in so einem Kloster zuging, und fragte so viel er nur konnte. Thomas versuchte ihm die vielen Fragen so gut wie möglich zu beantworten. „Fällt es dir nicht schwer, von heute auf morgen plötzlich auf Sex zu verzichten?" Diese Frage mitten drin kam für Thomas etwas überraschend. Er trank noch einmal aus seiner Tasse, um sich etwas Zeit für eine Antwort zu nehmen. Er wusste eigentlich gar nicht, was er darauf sagen sollte, aber er versuchte, so locker und gelassen wie nur möglich zu wirken. „Natürlich ist es am Anfang nicht unbedingt leicht, auf gewisse Bedürfnisse zu verzichten, aber mit der Zeit gewöhnt man sich auch daran."

Alex sah Thomas fragend an und verzog sein Gesicht. „Also ich könnte es mir nicht vorstellen, von heute auf morgen keinen Sex mehr zu haben", erwiderte er energisch. „Auf so manche Dinge verzichten, ja gut! Aber den körperlichen Trieb einfach abzustellen scheint mir unmöglich und möchte ich auch gar nicht.", fügte er hinzu. Alex schaute Thomas bewundernd an. Er konnte sich nicht vorstellen, dass Thomas, der früher so manche hübsche Freundin hatte, plötzlich auf die schönste Nebensache der Welt verzichtete. Immer wieder schüttelte er den Kopf, so unverständlich war das alles für ihn. „Glaubst du, dass alle Klosterbrüder auf Zärtlichkeit und Liebe verzichten können?" Alex trank kurz aus seiner Tasse, dann fuhr er fort. „Vielleicht ist es ja bei vielen so wie in dem Filmklassiker ‚Die Dornenvögel'." Alex schmunzelte bei dieser Vorstellung und auch Thomas konnte sich ein kleines Lächeln nicht verbergen. „Oder könntest du dir vorstellen, mit einem der Brüder etwas anzufangen?" Diese Frage stellte Alex mit einem richtigen Grinsen auf den Lippen. In diesem Moment zuckte Thomas leicht zusammen. Mit dieser Frage, obwohl sie von Alex als Spaß gemeint war, hatte er nicht gerechnet. Um sich nichts anmerken zu lassen, lachte Thomas lautstark mit Alex mit. „Spinnst du!", kam es unter seinem falschen Lachen hervor. „Ich bin doch nicht schwul!" Alex lachte übers ganze Gesicht. Thomas wusste schon nicht mehr, was er alles machen sollte, um so natürlich wie möglich zu wirken.

„Das könnte ich mir bei dir auch gar nicht vorstellen", fügte Alex hinzu.

„Lass uns zahlen, ich habe noch einige Sachen zu erledigen", sagte Thomas plötzlich, um dem Ganzen zu entfliehen.

„Jawohl, Herr Pfarrer!", erwiderte Alex mit seiner humorvollen Art. Sie verabschiedeten sich draußen vor dem Café und jeder ging in eine andere Gasse weiter.

Obwohl Thomas wusste, dass Alex das alles nur aus Spaß gesagt hatte, war er doch froh, dass dieses Treffen zu Ende war. Er war sogar ein bisschen enttäuscht über sich selber. Er stellte sich gerade vor, wie es wäre, wenn er zu Markus und seiner Liebe stehen müsste.

Sicher könnte das keiner seiner Freunde und Bekannten verstehen. Wie denn auch, er selber wusste ja am Anfang nicht mal, was da mit ihm geschehen war. Langsam zog er von Schaufenster zu Schaufenster weiter. Er hatte aber den Blick für die Ware in den Fenstern schon lange verloren. Seine Gedanken waren nun wieder bei Markus und er stellte sich immer wieder die Frage, wo er gerade sein mochte. Immer wieder stellte er sich vor, wie es sein würde, wenn er jetzt mit ihm durch die Straßen ziehen würde. Es gab doch so viele Männer, die Männer liebten, oder auch Frauen, die sich liebten. Vielleicht, so dachte er, musste man einfach nur dazu stehen, um sich aus dem Gerede der anderen nichts zu machen. Er spürte, wie gut ihm diese Freiheit tat und diese ungezwungene Art zu leben Spaß machte. Es könnte ja auch sein, dachte er, dass sich das Ganze mit Markus hier zuhause legte und er sich wieder in ein Mädchen verliebte.

So schnell wie die Liebe zu einem Mann gekommen war, könnte sie ja auch wieder vergehen. Thomas blieb kurz stehen und ließ sich seine Gedanken durch den Kopf gehen. Er konnte es sich zwar momentan nicht vorstellen, wieder eine Frau zu lieben, zu tief waren die Gefühle für Markus, aber so hatte er ja auch früher über Männerliebe gedacht. Der Entschluss, nicht ins Kloster einzutreten, wurde immer sicherer. Obwohl es etwas ganz Eigenartiges und Beruhigendes im Kloster gab, glaubte er schon fast selber nicht mehr daran, es für immer durchziehen zu können. So für ein paar Tage oder Wochen könnte er sich das schon vorstellen, um wieder aufzutanken, aber für den Rest seines Lebens wohl kaum. Thomas war nun entschlossen, seine Einkaufstour abzubrechen und nachhause zu fahren.

Unterwegs im Auto nahm er sich vor, kurz in die Kirche im Dorf zu gehen.

Er stellte das Auto zuhause ab, legte die Schlüssel auf die Konsole im Flur und holte sein Fahrrad aus der Garage. „Wo willst du hin?", rief ihm seine Mutter hinterher. „Bin gleich wieder da, fahre nur kurz ins Dorf.", antwortete er und schwang sich auf seinen Drahtesel. Er wirkte ziemlich locker und entspannt, als er die kleine Straße zum Dorf hinunterfuhr. Der Fahrtwind gab ihm das Gefühl von Freiheit und das seit Wochen fehlende Lebensgefühl wieder.

Er glaubte sich nun sicher zu sein, dass der Weg, ins Kloster zu gehen, den er vor Wochen eingeschlagen hatte, nicht richtig war. Er suchte deshalb das Gespräch wie schon vor Wochen mit Gott.

Er stieg von seinem Fahrrad ab, lehnte es an die Friedhofsmauer und öffnete das alte, verrostete Gartentor zum Friedhof. Er wirkte ziemlich entschlossen und selbstbewusst, als er die Kirchentür öffnete und eintrat. Zuerst zündete er eine Kerze an und setzte sich dann vorne vor dem großen Kreuz in der Mitte auf die erste Bank. Voller Ehrfurcht und Bewunderung blickte er hinauf zum großen Kreuz, an dem ein lebensgroßer, aus Holz geschnitzter Herrgott hing. „Hallo, mein Freund", kam es leise über seine Lippen. Dann begann er all seinen Kummer und all seine Sorgen loszuwerden. Er versuchte, sich alles, was in den letzten Tagen und Wochen passiert war, von der Seele zu reden. Immer wieder erwähnte er dabei den Namen Markus. Fast eine halbe Stunde dauerte das Zwiegespräch, das er mit dem Herrgott führte.

„Ich hoffe, du bist mir nicht böse und kannst mich verstehen." Mit diesem Satz beendete er seine Unterhaltung. Nun stand er auf, ging in die Mitte des Ganges, machte eine tiefe Verbeugung und bekreuzigte sich.

Als er wieder aus der Kirche kam, holte er erst einmal ganz tief Luft. Er machte noch schnell einen kurzen Besuch am Grab seiner Großmutter und verließ dann den Friedhof.

Die Eltern waren bereits mit dem Essen fertig, als er wieder zuhause ankam. „Wo bleibst du denn so lange?", fragte ihn seine Mutter und stellte seinen Teller noch mal auf den Tisch. „Ich hatte was Dringendes zu erledigen", sagte er und begann zu essen.

Nachdem es am Nachmittag etwas zu regnen begann, ging er auf sein Zimmer und legte sich auf die Couch. Er machte sich Gedanken, wie es nach dem Kloster weitergehen sollte. Er könnte bestimmt, wenn er wollte, wieder in seinem alten Job bei der Gemeinde anfangen. Das hatte ihm sein Chef angeboten, als er vor ein paar Wochen ging. Der Regen prasselte auf das Dachfenster seines Zimmers und Thomas fuhr der Gedanke an Markus wieder durch den Kopf. Er sehnte sich nach seiner Stimme, seinen Berührungen und die ganze Art, wie er mit ihm umgegangen war. Thomas fühlte sich fallen und mit seinen Gefühlen von Markus alleine gelassen. Nie hätte er gedacht, dass er erst in ein Kloster gehen musste, um lieben lernen zu können. Während Thomas die Wassertropfen an seinem Fenster beobachtete, sah man auch eine kleine Träne über seine Wange laufen. Dieses Gefühl, einen Menschen, den man liebt, verloren zu haben, schmerzte ihn sehr. Immer wieder schloss er die Augen und dachte an die zärtlichen Momente mit Markus. Zu wissen, dass er für die Fahrt morgen ins Kloster keinen Koffer mehr packen musste, beruhigte ihn. Er wischte sich die Tränen vom Gesicht, stand auf und ging ins Badezimmer. Nachdem er sich etwas frisch gemacht hatte, ging er nach unten ins Wohnzimmer und schaltete den Fernseher ein. „Muss ich dir für morgen noch ein paar Sachen waschen und bügeln?", fragte ihn seine Mutter nach ein paar Minuten.

„Nein, das ist nicht notwendig.", antwortete er. Er wollte aber auch noch nicht sagen, warum. Es sollte für seine Eltern eine Überraschung sein, wenn er plötzlich wieder mit all seinen Koffern vor der Haustür stand. Thomas wusste, dass seine Eltern froh wären, wenn er wieder zuhause sein würde. Aber um die Überraschung nicht vorwegzunehmen, sagte er nichts.

Am Morgen blinzelte die Sonne mit ihren ersten Strahlen in das Dachfenster von Thomas, als dieser aufwachte. Der Hahn vom Nachbarn krähte sich die Freude über den neuen Tag aus dem Hals. Es war erst sechs Uhr morgens, aber Thomas fand, dass es Zeit war, aufzustehen. Die frische Morgenluft durchzog sein Zimmer, als er das Fenster öffnete.

Als er vom Bad raus kam und den Flur in Richtung Küche ging, schoss sein Vater aus dem Schlafzimmer.

„Wie spät ist es, habe ich verschlafen?"

„Nein", beruhigte ihn Thomas, „du kannst ruhig noch mal ins Bett. Ich bin nur schon wach gewesen und da bin ich auch gleich aufgestanden." Thomas hatte mit seinem Vater ausgemacht, dass er ihn zum Bahnhof fuhr. Aber da der Zug erst um 9.30 Uhr ging, hatten sie noch jede Menge Zeit. Sie brauchten für die Fahrt zum Bahnhof auch nur etwa fünfundzwanzig Minuten. Nachdem sein Vater wieder ins Zimmer zurückgegangen war, bereitete Thomas das Frühstück vor. Nach einem kurzen Blick auf die Uhr stellte er fest, dass er noch jede Menge Zeit hatte, um noch schnell ein paar Minuten zu joggen. Ohne lange zu überlegen, lief Thomas in sein Zimmer hoch, zog sich um und verließ das Haus in Richtung Wald. Es war herrlich, stellte er fest, so früh am Morgen die frische Luft durch seinen Körper zu saugen.

Er lief wieder den Feldweg hinter dem Haus entlang, der durch ein kleines Waldstück führte. Neben dem Weg schlängelte sich ein Fluss seinen Weg zur Donau hin. Nirgendwo sonst kann man der Natur so nahe sein wie hier, dachte sich Thomas. Das Rauschen an so manchen steinigen Stellen im Wasser war so beruhigend, dass Thomas des Öfteren stehen blieb und seine Augen schloss. Nur einen kurzen Moment lang dachte er daran, wie gerne er diese Augenblicke mit Markus genossen hätte. Es würde ihm bestimmt gefallen, hier ein paar Minuten zu verweilen. Thomas versuchte aber, gar nicht lange darüber nachzudenken, und lief wieder weiter. Er spürte förmlich, wie er hier in dieser Umgebung seinen Körper auftankte. Das war eine der Situationen, in der er immer die Waldarbeiter beneidete. Sie verbrachten den ganzen Tag in der Natur und sahen dabei die Vielfalt und Schönheit unserer Pflanzen.

Nach etwa einer halben Stunde kam Thomas wieder zuhause an und ging ins Bad, um noch einmal zu duschen.

„Gleich ist man wieder ein anderer Mensch", sagte er zu seinem Vater, als er kurz darauf in die Küche zum Frühstücken kam. „Hast du deinen Koffer schon gepackt?", fragte ihn seine Mutter.

„Ich habe nichts zum Mitnehmen. Alles, was ich brauche, ist schon im Kloster." Seine Mutter schaute ihn zwar fragend und etwas ungläubig an, stellte aber nach einem kurzen Schulterzucken keinerlei Fragen mehr. „Gott sei Dank", dachte Thomas bei sich und ließ sich sein Frühstück schmecken.

Mit einer herzlichen Umarmung verabschiedete sich Thomas ein wenig später von seiner Mutter. „Pass auf dich auf und melde dich, so oft es geht." Sie hatte wie vor ein paar Wochen wieder Tränen in den Augen. „Keine Sorge,

Mama", antwortete Thomas. „Ich bin schneller wieder da, als du denkst." Verdammt, dachte sich Thomas, er wollte doch nichts sagen. Aber seine Mutter war schon wieder so aufgeregt und traurig, dass sie es gar nicht mitbekommen hatte, was er eigentlich gesagt hatte. Er winkte so kräftig, wie er konnte, aus dem Fenster, dann fuhren er und sein Vater aus dem Dorf.

Er machte es sich diesmal wesentlich gemütlicher und wirkte auch nicht so aufgeregt, als er kurz darauf nach einer kurzen Verabschiedung von seinem Vater am Bahnhof in den Zug stieg. Noch vor Wochen war es seine ungewisse Zukunft im Kloster gewesen, die ihn ziemlich unruhig im Zug sitzen ließ. Aber diesmal wirkte er total entspannt. Sobald er nur in Versuchung kam, an Markus zu denken, lenkte er sich sofort durch andere Gedanken ab. Auch wenn es ihm nicht leichtfiel, da die Gefühle für Markus immer noch sehr, sehr groß waren. Die Fahrt im Zug kam ihm wie eine Spazierfahrt vor. Thomas wusste dieses Mal genau, was er wollte und wie es weitergehen sollte. Und das ganze Unternehmen Kloster hatte ihm ja auch eine neue Erkenntnis gebracht. Er hatte leidenschaftliche und körperliche Liebe erfahren, die er vielleicht anderswo nie hätte erfahren können. Wovon er vorher nicht einmal zu träumen wagte, fehlte ihm nun so sehr, dass es ihn schmerzte, wenn er nur daran dachte.

Es war genau 15.30 Uhr, als der Zug in den kleinen Bahnhof von Bergesheim einfuhr. Thomas stieg aus und ging durch die Bahnhofshalle. Er musste lachen, als er an jenem kleinen Schalter vorbeiging, in dem der alte Bahnhofsvorsteher seiner Arbeit nachging. Man kam sich hier vor wie in dem Film „Und täglich grüßt das Murmeltier". Es sah hier immer gleich aus, selbst der Mann am Schalter. Man konnte hier reinkommen, wann man wollte, er trug immer die gleiche Kleidung und machte dieselben Bewegungen.

Er wirkte fast wie eine Marionette, die man am Morgen einschaltete und am Abend wieder abstellte. Thomas hatte das Gefühl, wenn hier zehn Leute durchgingen, war für ihn bestimmt schon die Hölle los. Oder er würde es gar nicht mitbekommen, solange ihn keiner anspricht. Mit einem Lächeln im Gesicht verließ Thomas das Bahnhofsgelände. Das Geld für das Taxi sparte er sich dieses Mal. Er wusste, welche Straße er gehen musste, um zum Kloster zu gelangen. Die Menschen hier waren sehr freundlich und immer wieder kam ein fröhliches „Hallo" aus einem der Vorgärten. Thomas war kaum aus dem Dorf, da hielt auch schon ein Traktor an. „Hallo, wohin soll es denn gehen?", fragte der alte Mann am Lenker des Gefährts. „Nach Marienkirchen", antwortete Thomas. Mit einem energischen Winken mit dem Daumen gab ihm der Bauer zu verstehen, dass er auf dem Hänger Platz nehmen konnte. Diese Einladung nahm Thomas dankend an und schwang sich auf das hintere Ende des Hängers. Es war ein alter Ladewagen, der mit frischem Gras beladen war, das herrlich duftete.

Langsam, aber traumhaft schön zogen die Felder und die vereinzelten Höfe an ihnen vorbei. Thomas erinnerte diese Landschaft sehr an sein Zuhause. Nur die Berge rings herum fehlten daheim. Außer hin und wieder einem Traktor, der die Straße überquerte, sah man hier kaum Fahrzeuge fahren. Nicht nur das Kloster, sondern auch die Gegend waren hier genau das Richtige, um Ruhe zu finden, dachte sich Thomas. Nicht weit vom Kloster entfernt bog der Bauer mit seinem Fahrzeug in einen Feldweg ein. „Den Rest musst du zu Fuß gehen", rief er nach hinten. Thomas sprang ab und bedankte sich. „Kein Problem und danke fürs Mitnehmen."

Der alte Mann hob nur kurz seine Hand hoch und fuhr gemütlich den Feldweg entlang weiter. Thomas klopfte sich seine Hose etwas ab und machte sich auf den Weg. Das

Kloster war bereits in Sichtweite und mit seiner riesigen Mauer und den Türmen nicht zu übersehen. Nach einem Fußmarsch von etwa fünfzehn Minuten kam Thomas am Kloster an. Er blieb vor der wuchtigen Klostermauer stehen und bewunderte dieses Werk. Es war absolut still um das Kloster herum und wirkte deshalb richtig geheimnisvoll. Man konnte meinen, es wäre verlassen und leer. Ganz langsam ging Thomas die riesige Mauer entlang und streifte dabei mit der Hand immer wieder über die Steine. Diese Szene kam ihm sehr bekannt vor. Dann blieb er stehen, lehnte sich mit beiden Händen an die Mauer und schaute nach oben. Er schloss für einen Moment die Augen und holte tief Luft. Als er seinen Kopf anlehnte, spürte er die frische des Mooses, das an der Mauer wuchs.

Noch einmal holte er tief Luft und drückte sich dann mit beiden Händen von der Wand weg. Langsam ging er wieder zurück zum Eingangstor und öffnete die große Tür, die in den Klostergarten führte. Es war keiner der Klosterbrüder zu sehen und man konnte wirklich glauben, es wäre verlassen worden. Thomas ging über den Hof zum Gebäude, in dem die Schlafräume und der Speisesaal lagen. Als er die Tür zu seinem Zimmer öffnete, bemerkte er, dass er es gar nicht abgeschlossen hatte. Aber warum auch, dachte er, wer sollte ihm hier schon etwas stehlen. Es sah auch nicht aus, als wäre jemand im Zimmer gewesen. Alles war so, wie er es verlassen hatte. Thomas ging gleich zum Fenster, um etwas frische Luft ins Zimmer zu lassen. Dann erfrischte er sich am Waschbecken. Während er sich am Fenster abtrocknete, sah er einen der Klosterbrüder draußen im Garten arbeiten. Nun machte sich Thomas auf den Weg zu Pater Antonius. „Wie er wohl reagieren wird?", ging es Thomas durch den Kopf. Er lief durch den gesamten Hof wieder nach draußen, um zur Eingangstür der Kirche zu gelangen. Der Anblick des großen Bildes der Mutter Gottes über dem Altar ließ ihm immer wieder eine Gänsehaut über den Rücken laufen. Sobald man die Tür zur Kirche öffnete, war der Blick auf das Bild unvermeidbar. Thomas machte eine tiefe Verbeugung und setzte sich kurz in die letzte Reihe. Minutenlang schaute er auf das Bild der Madonna. Er wirkte dabei ganz in sich gekehrt und fing leise an zu beten. Nachdem er sich bekreuzigt hatte, stand er auf und ging den schmalen Gang zwischen den Bänken nach vorne.

Kurz vor dem Bild blieb er noch mal stehen und schaute nach oben. Dann ging er auf der linken Seite ein paar Stufen hinunter, um zu den Büroräumen hinter dem Altar zu gelangen. Da Thomas sich seiner Sache sehr sicher war, klopfte er ohne lange zu warten an die Tür von Pater Antonius. „Ja, bitte!", hörte er es aus dem Zimmer. Thomas öffnete die Tür und sah Pater Antonius am Schreibtisch über einem Buch sitzen. „Hallo, Thomas! Schön dich zu sehen."

„Guten Tag, Pater Antonius." Dieser gab Thomas mit einer Handbewegung zu verstehen, dass er sich setzen sollte. Thomas zog einen Stuhl leicht vom Schreibtisch weg und setzte sich. Pater Antonius, der indessen kurz zur Begrüßung aufgestanden war, setzte sich ebenfalls wieder in seinen Armlehnstuhl. „Ich hoffe, du hast alles erledigen können, was du dir vorgenommen hast.", meinte er und sah Thomas dabei mit einem leichten Schmunzeln an. „Ich habe mir viel Zeit genommen, um mir das Ganze noch mal genau zu überlegen. Schließlich ist es ja ein Schritt fürs Leben und nicht nur für ein paar Wochen."

„Und zu welcher Erkenntnis bist du nun gekommen?", fragte ihn Pater Antonius. Thomas lehnte sich leicht in seinen Stuhl zurück und begann ihm alles zu erzählen. Immer wieder gestikulierte er während des Erzählens kräftig mit den Händen. Er versuchte all seine Gefühle und Gedanken, die ihm zuhause durch den Kopf gingen, loszuwerden. Ab und zu unterbrach er kurz seine

Erzählung, um auf eine Reaktion oder Antwort von Pater Antonius zu warten.

Dieser aber sagte keinen Ton und zeigte keine Regung und so fuhr Thomas immer wieder mit seiner Erzählung fort. Er beschrieb seine Gefühle und Gedanken während des Joggens zuhause und versuchte nichts auszulassen. Natürlich sagte er nichts über die Sehnsucht, die er für Markus empfand. Dieser war natürlich mit ein Hauptgrund für seine Entscheidung, aber das würde Pater Antonius sowieso nicht verstehen. Zumal es Thomas ja nicht mal selber verstand, was da mit ihm und seinen Gefühlen passiert war. Er sagte ihm auch, dass er vor Wochen noch geglaubt hatte, dass dies der richtige Weg für ihn wäre, er hatte aber im Laufe der Zeit das Gegenteil festgestellt. Und erst jetzt, die letzten zwei Tage, wurde ihm so richtig klar, wo er hingehörte.

Als Thomas glaubte, nun alles losgeworden zu sein, was er sagen wollte, legte er die Hände in den Schoß und wartete auf eine Antwort von Pater Antonius. Der aber zeigte erst einmal keine Reaktion und sah Thomas nur stillschweigend an. Es sah so aus, als ließe er sich die ganze Geschichte erst einmal durch den Kopf gehen. Nach einer Weile schob er den Stuhl etwas vom Tisch, stand auf und ging zum Fenster. „Ich habe die letzten Jahre schon viele Menschen kommen und gehen sehen.", fing er plötzlich an. „Und es ist erstaunlich, wie viele erst einmal die Ruhe und auch die Nähe zu Gott suchen, um ihren Weg dann weiterzugehen. Wenn du dich nun entschlossen hast, nicht hier im Kloster zu bleiben, dann ist dies auch ein Wille Gottes." Er drehte sich vor dem Fenster um und sah Thomas an.

„Viele kommen auf ihrem Weg durch das Leben an einem Punkt an, an dem sie glauben, nicht mehr zu wissen, wie es weitergeht.", fuhr er fort. „Das zeigt mir immer wieder, welche Kraft doch der Glaube an Gott im Menschen hat. Wenn sich auch viele nach ein paar Tagen oder Wochen gegen das Kloster entscheiden, so hat es doch seinen Teil dazu beigetragen, den richtigen Weg für jeden Einzelnen zu finden." Thomas saß wie angewurzelt auf seinem Stuhl und lauschte gespannt den Worten von Pater Antonius. Es wirkte extrem beruhigend, mit welcher Ruhe und Gelassenheit er mit einem redete. Auch die dunkle, aber reine Stimme trug seinen Teil dazu bei. „Es macht mich sehr froh und zufrieden", sagte er, „wenn der Aufenthalt im Kloster manchen Menschen wieder den nötigen Halt im Leben gibt. Dabei ist es nicht das Kloster, das dazu beiträgt, sondern allein der Glaube an sich selber und der Glaube an Gott. Die wenigen, die sich sicher sind, ins Kloster einzutreten, brauchen keine Probetage. Sie sind berufen dazu. Es freut mich, dass du den Weg zu uns ins Kloster gesucht hast, um dir bewusst zu werden, welchen Weg du in Zukunft gehen willst." Er drehte sich wieder um und ging zum Fenster. Nachdem er beide Fensterflügel geöffnet hatte, drehte er sich um und lehnte sich an die Fensterbank. Er sah Thomas an und fügte hinzu: „Um Gott nahe zu sein oder mit sich selber ins Reine zu kommen, bedarf es keines Klosters. Der Glaube an Gott steckt in jedem von uns, du musst ihm nur etwas Zeit geben und vertrauen. Allein der Weg hin und wieder in die Kirche oder an einen Ort, an dem man glaubt, Gott nahe zu sein, kann schon kleine Wunder bewirken. Wer das Gespräch mit dem Herrn sucht, wird auch eine Antwort bekommen. Die einen früher, die anderen später. Allein die Geduld ist manchmal schon der richtige Weg, auch wenn es viele nicht abwarten können. Aber merke dir, Thomas, letztendlich kommt es immer so, wie es kommen muss. Und du musst es auch so nehmen, da dir nichts anderes übrig bleibt."

Thomas war momentan ein bisschen baff. Die Worte von Pater Antonius hatten gesessen. Er hatte auch nicht mit einer solchen Belehrung und derartigen Ruhe seinerseits gerechnet. „Mein Zug geht erst übermorgen", sagte Thomas. „Ich kann doch noch die zwei Tage bleiben?", fragte er.

„Sicher, du kannst so lange bleiben, wie du es für richtig hälst", antwortete Pater Antonius. Thomas gab ihm die Hand und bedankte sich für sein Verständnis und das Gespräch.

Nach dem Abendgebet, an dem Thomas natürlich auch teilnahm, saß er ganz alleine am Tisch und beobachtete, so unauffällig es ging, die Klosterbrüder.

Er war die Ruhe in Person, seit er mit Pater Antonius alles geklärt hatte und wusste, wie sein Weg weiterging. Immer noch aber stellte er sich die Frage, wer wohl an jenem Abend an seiner Zimmertür gewesen war. Es konnte theoretisch jeder von ihnen gewesen sein. Und doch konnte er sich keinen von ihnen vorstellen. Der einzige Mensch, der es auf keinen Fall war, war Markus. Er war an diesem Abend schon nicht mehr im Kloster gewesen.

Immer wieder sah er in die Gesichter einiger Brüder, um vielleicht etwas Auffälliges festzustellen. Aber außer einem freundlichen Lächeln und Kopfnicken kam von keinem der Beobachteten etwas zurück. Sicher war nur, dass es einer der hier im Raum versammelten Männer gewesen war. „Hallo, Thomas! Pater Antonius hat mir erzählt, dass du uns wieder verlassen wirst." Es war Bruder Michael, der am Tisch kurz stehen blieb und Thomas ansprach. „Hallo, ja, ich glaube nun zu wissen, was der richtige Weg für mich ist.", antwortete Thomas. „Genieß diese zwei Tage der Ruhe und Besinnung noch, bevor du wieder nachhause fährst."

„Das werde ich.", sprach Thomas und nickte zum Abschied leicht mit dem Kopf. Es war wieder ein herrlicher Sonnenuntergang, als Thomas nach dem Essen über den Klostergarten spazieren ging. Die Strahlen der Abendsonne ließen die Klostermauer und die Türme in einem zarten Rot erleuchten. Man konnte von Minute zu Minute beobachten, wie der Schatten an der Mauer hochkletterte. Ein leichter Duft von Rosen und Sonnenblumen, die im Garten blühten, lag in der Luft. Thomas setzte sich auf eine der Bänke im Garten und beobachtete das Naturschauspiel der Sonne. Ohne dass er es wollte, fiel ihm der Augenblick ein, an dem er mit Markus auf dieser Bank gesessen hatte. Hier hatte er zum ersten Mal gespürt, wie seine Gefühle Achterbahn fuhren. Nie würde er den Moment vergessen können, an dem Markus den Kopf auf seine Schulter und er den Arm um ihn gelegt hatte.

Nachdem der Schatten die Klostermauer komplett bedeckt hatte und es nun ziemlich schnell dunkel wurde, ging Thomas auf sein Zimmer. Im Gegensatz zu den Nächten davor lag er dieses Mal viel entspannter und gelassener im Bett. Er spürte es förmlich, die richtige Entscheidung getroffen zu haben. Ein letzter Blick noch aus dem offenen Fenster und dann schlief er ein.

Die Klosterbrüder marschierten gerade über den Hof zur Kirche, als Thomas am nächsten Morgen aufwachte.

Obwohl er eigentlich mit dem Kloster nicht mehr viel zu tun hatte, ließ er es sich nicht nehmen, am frühmorgendlichen Gottesdienst teilzunehmen. Er würde sich auch schämen, wenn er jetzt im Bett geblieben wäre, während die anderen beteten. Nach einem kurzen, aber erfrischenden morgendlichen Bad, blieb er, als er gerade gehen wollte, erstarrt vor der Zimmertür stehen.

Die Tür stand einen Spalt von etwa zehn Zentimetern offen. Thomas zog sich einen Stuhl unter seinen Hintern und setzte sich erst einmal hin.

„Habe ich gestern Abend meine Tür nicht geschlossen?" Diese Frage stellte er sich selber. Aber das kann doch nicht sein. Er war ja auch im Bett ein paar Mal so gelegen, dass er zur Tür schauen konnte, da wäre ihm die offene Tür bestimmt aufgefallen. Thomas schaute sich sofort im Zimmer um, ob etwas Auffälliges festzustellen war. Ihm fielen keinerlei Veränderungen im Zimmer auf. Der Gedanke, dass jemand heute Nacht in seinem Zimmer gewesen war und vielleicht sogar bei ihm am Bett gestanden hatte, machte ihm Angst.

Sollte es wirklich so gewesen sein? Wer aber war dieser nächtliche Wanderer? Thomas war sich sicher, die Tür auf keinen Fall offen gelassen zu haben. Mag sein, dass er sie nicht abgeschlossen hatte, aber er hatte sie auf alle Fälle zugemacht. Dessen war er sich hundertprozentig sicher.

Thomas war keine Sekunde während des Gottesdienstes bei der Sache. Er fühlte sich vom unbekannten Nachtschwärmer beobachtet. Sein Blick ging von einem zum anderen. Teilweise schaute er so manchem Bruder sekundenlang in die Augen, ohne auch nur mit der Wimper zu zucken. Er hatte sogar schon mit dem Gedanken gespielt, noch heute das Kloster zu verlassen und irgendwie Richtung Heimat zu kommen. Aber auf der anderen Seite war er so neugierig und wollte zu gerne wissen, wer es gewesen war. Zuhause hätte er bestimmt keine ruhige Minute, wenn dieser Fall nicht gelöst wäre. Aber wie sollte er das bewerkstelligen? Wie könnte man dem falschen Bruder eine Falle stellen?

Am Vormittag ging er außerhalb des Klosters spazieren und grübelte, bis er glaubte, der Kopf würde ihm rauchen. Die einzige Möglichkeit, die ihm immer wieder einfiel, war die: Er wollte heute Nacht die Zimmertür absichtlich offen lassen und versuchen wach zu bleiben. Aber was, wenn er doch wieder einschlief? Dann wäre die offene Tür ja förmlich eine Einladung, hereinzukommen. Er konnte spekulieren, was er wollte, er kam nur zu dieser Lösung.

Teilweise versuchte er nach dem Essen, den einen oder anderen Klosterbruder in ein Gespräch zu verwickeln.

Aber auch daraus konnte er keine Erkenntnis gewinnen, wer es gewesen war. Thomas setzte sich unter einen Baum in den Schatten. Er stellte sich immer wieder vor, wie er reagieren würde, wenn er den Bruder ertappte. Und vor allem, wer es sein könnte. Sein Entschluss stand fest. Die Tür zu seinem Zimmer blieb heute Nacht offen. Thomas versuchte den ganzen Nachmittag bis zum Abend so locker wie möglich zu bleiben. Derjenige sollte nicht merken, dass er für diese Nacht einen Plan im Schilde führte. Nach dem Abendessen ging er wie am Tag zuvor wieder durch den Klostergarten. Ab und zu unterhielt er sich auch während des Spazierganges mit dem einen oder anderen Bruder, konnte aber bei keinem dieser Männer etwas Ungewöhnliches oder Auffälliges feststellen.

So gegen zehn Uhr begab sich Thomas dann auf sein Zimmer. „Gute Nacht", rief er zwei Brüdern noch hinterher. Sie waren ebenfalls gerade mit ihm vom Garten gekommen. Er öffnete das Fenster, um die frische Abendluft hereinzulassen. Dann ging er ins Bad und machte sich fertig, um anschließend ins Bett zu gehen. Bevor er sich jedoch hinlegte, ging er noch mal zur Tür und öffnete sie einen kleinen Spalt. Obwohl er ein ziemlich mulmiges Gefühl dabei hatte, war er sich sicher, die Sache jetzt durchzuziehen. Er ging zurück zu seinem Bett und legte sich so, dass er die Zimmertür im Blick hatte. Keine Sekunde ließ er sie auch nur aus den Augen. Als er das Licht am Gang angehen sah, zuckte er kurz zusammen. Aber es war nur ein Bruder, der eben erst auf sein Zimmer ging.

Bei jedem kleinsten Geräusch, das Thomas hörte, hob er seinen Kopf aus dem Kissen. Vielleicht, dachte er, war das Ganze mit der Tür gestern Abend ja wirklich ein Versehen von ihm gewesen. Dieser Gedanke ging ihm hin und wieder durch den Kopf. Doch glaubte er sich seiner Sache, die Tür gestern geschlossen zu haben, sicher zu sein. Es war schon wie die letzten Nächte davor auch sternenklarer Himmel. Der Mond warf zwar etwas Licht ins Zimmer, aber nicht so viel, dass man viel erkennen hätte können. Da es bereits nach Mitternacht war, fielen Thomas immer wieder die Augen zu. Sofort versuchte er in eine andere Liegeposition zu gehen, um nicht einzuschlafen. Als er nach einer Schlafpause, die ihm nur kurz erschien, die Augen wieder langsam öffnete, ging ein Ruck durch seinen Körper. Ganz langsam sah er die Zimmertür aufgehen. Obwohl es ihm sehr schwerfiel, versuchte er, keinen Laut von sich zu geben. Er musste gar nicht versuchen, sich nicht zu bewegen, da er vor Angst fast erstarrt war. Im Licht des Mondscheins konnte man nur einen dunklen Oberkörper erkennen. Es sah so aus, als schaute er nur ins Zimmer, ohne auch nur einen Schritt hereinzuwagen. Thomas war schon am Überlegen, ob er nicht völlig überraschend das Licht der Nachttischlampe einschalten sollte. Doch zu schnell würde der Unbekannte die Tür wieder schließen, ohne dass er erkannt worden war. Sein Herz schlug so rasend, dass er glaubte, man müsste es hören können.

Nun ging die Tür weiter auf und der fremde Mann setzte einen Fuß ins Zimmer. Als er merkte, dass Thomas sich nicht bewegte, trat er auch mit dem zweiten Bein in den Raum. Wie eine dunkle Gestalt stand der Fremde nun im Raum. Als er hinter sich die Tür wieder langsam zumachte, war Thomas kurz davor, aus dem Bett zu springen. Plötzlich hörte er ein leises Flüstern: „Thomas, bist du wach? Thomas." Jemand, der heimlich in sein Zimmer kam und dann auch noch seinen Namen rief? Das konnte doch nicht sein! Und außerdem glaubte Thomas die Stimme zu kennen. Doch das konnte auf keinen Fall sein. Nun begann er langsam, seinen Kopf zu heben und richtete sich schließlich im Bett auf. Er traute dem nicht, wen er da im Schatten des Mondes vermutete. Dann schloss der Fremde hinter sich die Tür und ging auf Thomas zu. Erst als er vor dem Bett stand und vom Mondlicht angeleuchtet wurde, fehlten selbst Thomas die Worte. Der geheimnisvolle Fremde war Markus. „Markus?", fragte Thomas ganz ungläubig.

„Ja, ich bin es. Hast du jemand anderen erwartet?" Für den Moment wusste Thomas nicht mehr, was er sagen sollte. Er schlug die Decke zurück und setzte sich auf die Bettkante. „Was machst du denn hier? Bist du wahnsinnig, was ist, wenn dich jemand ins Kloster schleichen sieht?" Markus schaute ihn ganz verdutzt an. „Wieso schleichen? Ich bin doch schon den ganzen Abend hier."

„Den ganzen Abend?", fragte Thomas skeptisch.

„Ja. Ich hatte bis zum späten Abend ein ausgiebiges Gespräch mit Pater Antonius." Jetzt verstand Thomas gar nichts mehr. Schnell ging er zum Waschbecken, um sich etwas zu erfrischen.

„Aber wo zum Teufel warst du die Tage davor?", fuhr Thomas anschließend fort. „Warum bist du einfach abgehauen, ohne auch nur ein Wort zu sagen? Und nun kehrst du nach ein paar Tagen zurück, kommst mitten in der Nacht in mein Zimmer und wunderst dich vielleicht auch noch, warum ich mit dir nicht gerechnet habe." Thomas wurde durch seine Wut im Bauch immer lauter und musste sich zusammennehmen, um nicht von den anderen Brüdern gehört zu werden. Markus stand nur da und ließ reumütig den Kopf hängen. „Warum bist du überhaupt noch mal zurückgekehrt? Und was hast du mit Pater Antonius besprochen?" Was Thomas jetzt aber insgeheim nicht hoffte, war, dass Markus sich nun doch für das Kloster entschlossen hatte. Denn Thomas war sich sicher, seine Meinung in Bezug auf das Klosterleben nicht mehr zu ändern. Markus stand da und wusste momentan gar nicht, wo er anfangen sollte. Dann zog er sich erst einmal einen Stuhl heran, um sich zu setzten. Auch Thomas nahm wieder auf seinem Bett Platz und wartete auf eine Antwort von Markus. Dieser begann erst einmal mit einer

Entschuldigung für sein plötzliches Verschwinden: „Es tut mir leid! Ich kann mir denken, dass ich dich verletzt habe, aber ich musste erst einmal mit mir selber klarkommen. Der Punkt, an dem ich nicht mehr weiterkonnte, war einfach erreicht. Auch wenn ich dir damit vielleicht wehgetan habe, so hoffe ich doch, dass du mich verstehst."

„Aber warum hast du nicht mit mir darüber gesprochen?", fuhr ihm Thomas entgegen.

„Hast du so wenig Vertrauen zu mir?"

„Bei diesem Problem konntest du mir nicht helfen, das musste ich ganz alleine zu Ende bringen." Markus stand auf und ging zum Fenster. „Der Grund für mein Problem warst zum Teil auch du."

„Ich?", rief Thomas dazwischen und fasste sich dabei mit einer Hand an den Kopf.

„Ja, du! Aber nicht so, wie du denkst. Du konntest gar nichts dafür." Jetzt verstand Thomas überhaupt nichts mehr. Er schüttelte nur noch den Kopf. Markus kam nun auf Thomas zu und ging vor ihm in die Hocke. Beide schauten sich in die Augen.

„Thomas", flüsterte Markus dann ganz leise. „Ich habe mich in dich verliebt." Thomas machte nur noch den Mund auf, brachte aber keinen Ton heraus. „Ich bin mir sicher, dass du das auch bemerkt hast. Und ich glaube auch nicht, dass ich dir ganz gleichgültig bin.", fügte Markus noch hinzu. Thomas stand nun von seinem Bett auf und zog Markus mit nach oben. Beide standen sie nun, ohne ein Wort zu verlieren, da und fielen sich dann in die Arme. Einige Minuten drückten sie sich nun, so fest sie konnten, und schlugen sich dabei immer wieder gegenseitig auf den Rücken. Dann schob Thomas Markus einen Schritt zurück und fasste ihn an den Schultern. „Und deshalb war ich ein Problem für dich oder steckt da noch was anderes dahinter?" Markus nahm Thomas' Hände von seinen Schultern und begann ihm zu erklären: „Ich habe, oder besser gesagt, ich war gerade dabei, eine Beziehung zu beenden.

Außerdem hatte ich mir vorgenommen, mich auch nicht so schnell auf etwas Neues einzulassen. Doch das mit dir ist einfach passiert, ich konnte nicht anders." Markus ließ den Kopf wieder leicht nach unten sinken. Nachdem Thomas sich das alles erst einmal durch den Kopf hatte gehen lassen, drückte er Markus wieder zurück auf den Stuhl. „Das Auto, der Mann auf dem Klosterfest, was haben die alle mit dem Ganzen zu tun, wenn überhaupt?" Thomas wurde wieder etwas lauter und Markus schaute ihn von unten an. Nach ein paar Sekunden des Schweigens begann Markus zu antworten. „Er war die Beziehung, von der ich mich getrennt habe. Doch er wollte es nicht wahrhaben und kam immer wieder her ins Kloster. Wir waren zwei Jahre zusammen, aber es passte einfach nicht mehr zwischen uns und da habe ich einen Schlussstrich gezogen." Nun setzte sich auch Thomas wieder. Das erklärte ihm nun doch einiges und beantwortete viele offene Fragen. „Warst du schon immer in Männer verliebt?" Diese Frage konnte sich Thomas nun nicht mehr verkneifen. „Nein", kam es sofort wie aus der Pistole geschossen von Markus. „Ich hatte vorher nur Beziehungen zu Frauen. Irgendwann spielten meine Gefühle total verrückt. Gefühle, von denen ich vorher gar nichts gewusst hatte." Dieses Gefühl kannte Thomas nur zu genau. Thomas stand auf und ging zum Fenster. „Was wirst du nun machen? Ich habe ebenfalls mit Pater Antonius gesprochen und ihm gesagt, dass ich morgen abreisen werde."

„Ich weiß", antwortete Markus. „Pater Antonius hat es mir gesagt."

„Und", hackte Thomas noch mal nach, „was wirst du machen?" Markus stand auf und ging zu ihm ans Fenster. Ganz vorsichtig legte er die Hände auf Thomas' Schultern.

„Ich möchte hier nicht mehr ohne dich bleiben. Die letzten Tage habe ich sehr viel über unsere gemeinsamen Wochen hier im Kloster nachgedacht. Ich bin davon überzeugt, dass wir beide nicht hierher gehören." Markus sagte das mit einer dermaßen ruhigen und gelassenen Stimme, dass Thomas spürte, wie eine Gänsehaut seinen Rücken runterlief. Markus drückte nun Thomas ganz fest an sich und legte den Kopf auf seine Schultern. „Ich weiß nicht, wie du dich entschieden hast, aber ich finde, wir sollten es nicht einfach so beenden. Es ist mir klar, dass es nicht einfach werden wird, aber ich finde, es war bisher zu schön, um es nicht zu versuchen." Thomas senkte seinen Kopf. Auf diese Worte hatte er die letzten Tage gewartet und nun brachte er selber fast keinen Ton mehr heraus. Er war auf der einen Seite momentan der glücklichste Mensch der Welt, doch auf der anderen Seite wusste er nicht, wie das alles weitergehen sollte. „Es wird ein sehr schwerer Weg für uns werden." Die Worte kamen sehr langsam und leise aus Thomas' Mund. „Für mich sind das alles total neue Gefühle und ich weiß auch nicht, wie ich damit zurechtkomme. Doch ich würde es gern probieren, um mir später nicht sagen zu müssen, ich hätte es nicht versucht." Markus drehte Thomas um, schaute ihm in die Augen, gab ihm einen Kuss auf die Wange und drückte ihn dann ganz fest an sich.

Sie standen noch minutenlang vorm Fenster und hielten sich fest. Der Mond stand mittlerweile schon so tief, dass er ihre Schatten an die gegenüberliegende Wand warf. Nachdem sie ihre Umarmung gelöst hatten, schauten sie beide in den aus Schattenbildern gestalteten Klostergarten. Nun fiel Markus die offene Zimmertüre wieder ein. Er wusste, dass Thomas sie in der Regel immer geschlossen hatte und es auch nicht leicht vergaß, sie zu schließen. Also fing er an, ihn zu fragen. „Hatte das mit der offenen Zimmertür heute Nacht eigentlich einen Grund oder bist du schon so vergesslich geworden? Ich habe mich schon gewundert, dass sie offen steht." Nun drehte sich Thomas um und begann Markus von seiner Vermutung zu erzählen. Er schilderte die Szenen mit dem Türgriff und auch mit der offenen Tür letzte Nacht. Außerdem vermutete er einen falschen Bruder hier im Kloster. Markus hörte ihm zwar sehr aufmerksam zu, hatte aber auch damit zu tun, sich ein Lachen zu verkneifen. Thomas war sich sicher, dass er die Tür gestern Abend geschlossen hatte. Irgendeiner der Klosterbrüder, so glaubte er, war gestern in seinem Zimmer gewesen. Markus schaute Thomas völlig ernst und entsetzt an. Dann aber fing er an zu schmunzeln und konnte sich ein lautes Lachen gerade noch zurückhalten. „Du glaubst mir nicht!", sagte Thomas fast schon enttäuscht. „Aber ich bin mir da ganz sicher. Wenn du es nicht gewesen bist, wer sollte dann mitten in der Nacht an meine Zimmertür gehen und versuchen hereinzukommen?"

Markus konnte sich das zwar auch nicht erklären, aber er glaubte auch nicht an einen Klosterbruder, der nachts an Zimmertüren ging. „Selbst dann, wenn du dir sicher bist, die Türe gestern geschlossen zu haben, so kannst du es doch nicht beweisen. Und vielleicht hast du sie ja, obwohl du dir sicher bist, doch mal vergessen zu schließen." Nun fing Thomas selber schon wieder an, daran zu zweifeln. „Es ist schon sehr spät, ich werde nun auch zu Bett gehen. Wir können uns ja gerne morgen, wenn wir das Kloster verlassen haben, noch mal in aller Ruhe darüber unterhalten."

„Können wir?", fragte Thomas noch mal unglaubwürdig nach. „Du glaubst mir zwar sowieso nicht, aber wenn du meinst."

„Klar meine ich das! Was hälst du davon, wenn wir morgen, sobald wir das Kloster verlassen haben, irgendwo in ein Café gehen und über alles reden? Auch wie es weitergeht." Thomas fing an zu gähnen und hatte nun auch schon Mühe, die Augen offen zu halten. „Ja, das ist eine gute Idee.", sagte er und ließ sich dabei schon in sein Bett fallen. Ganz leise ging Markus aus dem Zimmer und ließ die Türe hinter sich ins Schloss fallen. Thomas war schon so müde, dass er Mühe hatte, sich die Decke nach oben zu ziehen. Er machte noch mal kurz die Augen auf, setzte ein leichtes Schmunzeln auf seine Lippen und schlief dann zufrieden ein.

Die Kirchenglocken machten um sechs Uhr morgens durch das offene Fenster einen solchen Lärm, dass Thomas wie eine Rakete im Bett aufsprang. Er war doch gerade erst eingeschlafen, dachte er sich. Nach einem kurzen Blick auf die Uhr ließ er sich wie ein alter Sack noch mal ins Bett zurückfallen. Für einen Moment kam es ihm so vor, das von gestern Abend nur geträumt zu haben. Aber er wusste, dass dem nicht so war, und so versuchte er trotz seiner Müdigkeit, so schwungvoll und frisch wie möglich aus dem Bett zu steigen. Immer noch hatte er ein leichtes Grinsen auf seinem Gesicht. Wobei die Tatsache, dass er heute nachhause fahren würde, einen Teil dazu beitrug. Dass er die Kirche heute verschlafen hatte, ärgerte ihn zwar ein bisschen, aber er nahm es mit einer Leichtigkeit, die er schon lange nicht mehr hatte. Er hatte nur noch ein paar wenige Sachen im Zimmer, die noch gepackt werden mussten. Schnell und ohne einen Plan stopfte er die restlichen Sachen in seinen Rucksack, den er genau für diesen Zweck beim letzten Mal nicht mit nachhause genommen hatte. Als er ein paar Minuten später aus seinem Zimmer in den Flur ging, kamen ihm die ersten Klosterbrüder von der Kirche entgegen. Da es ihm aber doch ein wenig peinlich war, die Kirche verschlafen zu haben, kam sein „Guten Morgen" mit leicht gesenktem Kopf und sehr leise. Er schloss sich gleich der ersten Gruppe an und marschierte mit ihnen in Richtung Speisesaal. Sie waren zunächst allein, denn außer ihnen saß noch niemand an den Tischen. Es dauerte aber nicht lange, bis alle Klosterbrüder beim Frühstück versammelt waren. Nur einer fehlte noch, wie die letzten Tage zuvor auch.

Hat er sich verschlafen oder ist er genau wie letztes Mal einfach wieder verschwunden? Diese Frage ging Thomas in diesem Moment durch den Kopf. Sollte es doch nur ein Traum gewesen sein? Thomas musste bei diesem Gedanken selber den Kopf schütteln. Er wollte gerade nachsehen, da kam Markus auch schon zur Tür herein. „Guten Morgen", sagte er mit einem äußerst zufriedenen Gesichtsausdruck.

Thomas gab ihm denselben Gruß zurück und nickte dabei noch leicht mit dem Kopf. Markus holte sich noch schnell ein kleines Frühstück und setzte sich dann zu Thomas an den Tisch. „Und wie hast du geschlafen?", meinte Thomas.

„Sehr gut, aber leider viel zu kurz", gab Markus als Antwort. Während des Essens schauten sich beide immer wieder in die Augen und unterstrichen dies mit einem Lächeln. „Wann willst du heute das Kloster verlassen?", fragte Markus. Thomas kaute noch schnell seinen Bissen runter. „Ich wollte mich eigentlich nach dem Frühstück noch von Pater Antonius verabschieden und dann losziehen. Mein Zug geht zwar erst gegen Mittag, aber ich wollte die Landschaft und die Leute draußen noch ein wenig genießen", meinte Thomas. „Außerdem haben wir noch ein paar Dinge zu klären. Vor allem, wie es mit uns weitergeht."

Markus stimmte der ganzen Sache zu und beendete schön langsam sein Frühstück. Nachdem sie beide ihren Tisch geräumt und sauber gemacht hatten, machten sie sich auf den Weg zu Pater Antonius. Es war ein komisches Gefühl, als sie über den Klosterhof zu den Büroräumen gingen.

Aber es war auch irgendwie erleichternd, endlich zu wissen, welchen Weg sie gemeinsam einschlagen wollten. Bevor sie bei Pater Antonius anklopften, gingen sie noch einmal gemeinsam vor zur Kirche. Stillschweigend saßen sie in der ersten Reihe und hatten ihre Köpfe gesenkt. Beide flüsterten leise ein Gebet vor sich hin. Und als sie damit fertig waren, gaben sie sich gegenseitig die Hand und hielten sich ein paar Sekunden ohne Worte fest. „Komm, lass uns jetzt gehen!", meinte Markus und zog Thomas an der Hand leicht hoch. Sie bekreuzigten sich, machten eine leichte Verbeugung und gingen hinter den Altar.

Thomas war es, der an der Tür von Pater Antonius klopfte und sie öffnete. „Guten Morgen, meine Klosterabgänger", kam es ihnen entgegen. Pater Antonius saß wie immer, auch schon am frühen Morgen, an seinem Schreibtisch. „Ihr wollt euch sicher verabschieden und auf den Heimweg machen."

„Guten Morgen. Ja, das hatten wir jetzt eigentlich vor", antwortete Thomas und sah dabei kurz zu Markus rüber. „Nun ja", meinte Pater Antonius und stand mit diesem Satz auf. „Dann möchte ich euch für die Zukunft meinen Segen mit auf die Reise geben. Wünsche euch viel Glück für euren weiteren Lebensweg und vor allem Gesundheit!" Er machte beiden mit dem rechten Daumen ein Kreuz auf die Stirn und reichte ihnen zum Abschied die Hand. „Dankeschön für alles!", sagte Thomas. Auch Markus wiederholte dies und beide machten anschließend eine tiefe Verbeugung. Mit ganz kleinen Schritten gingen beide rückwärts zur Tür, drehten sich um und verließen den Raum. „Das ging schneller und leichter als ich gedacht hatte", meinte Markus draußen. „Ich glaube, dass der Weg, der jetzt kommt, noch schwerer für uns werden wird, als er es bisher war", sagte Thomas mit leiser Stimme. Markus sah ihn an und ging, ohne etwas zu antworten, weiter.

„Thomas, hast du Lust, dich noch mal kurz in den Garten auf eine Bank zu setzen?"

„Können wir gerne machen." Sie setzten sich gleich auf die erste Bank und streckten ihre Füße aus. Ihre Gelassenheit war nicht zu übersehen. Es war für beide ein komisches, aber auch beruhigendes Gefühl, zum letzten Mal den Klostergarten zu betrachten. Immer wieder schauten sie sich gegenseitig an und hatten dabei ein Lächeln auf den Lippen. „Irgendwie werde ich die Zeit hier vermissen", meinte Markus. „Ich bin froh, hier gewesen zu sein, um mir über viele Dinge in meinem Leben klar zu werden." Thomas hörte nur zu und legte die Hand auf Markus' Schulter. Dann stand Markus schwungvoll auf, schlug Thomas auf den Oberschenkel und sagte: „Lass uns gehen!"

Thomas holte sich noch einen tiefen Atemzug von der frischen Gartenluft und stand dann ebenfalls auf.

„Ich hole nur noch meinen Rucksack aus dem Zimmer, dann können wir gehen." Als Thomas wieder aus dem Haus kam und sie gerade aufbrechen wollten, blieb Markus noch mal stehen. „Thomas, lass uns noch mal einen kleinen Blick in das alte Tagebuch im Keller werfen. Das habe ich immer wieder im Kopf. Oder noch besser, lass es uns mitnehmen."

„Du willst das Buch mitnehmen?", fragte Thomas noch mal energisch nach. „Warum denn nicht? Außer uns weiß vielleicht gar niemand von dem Buch, also würde es auch gar nicht auffallen, wenn es weg wäre." Thomas dachte kurz darüber nach und willigte dem Vorschlag von Markus schließlich ein.

Sie gingen also wieder zurück ins Gebäude und öffneten ganz langsam die Tür zum Keller. Während Markus schon hineinging, schaute sich Thomas noch mal kurz um, ob sie auch niemand beobachtete. Dann schloss er leise die Tür hinter sich und folgte Markus über die Kellertreppe nach unten. Sie gingen sehr langsam und vorsichtig, denn nur eine kleine, verstaubte Lampe beleuchtete den Kellerabgang. „So ein Mist", meinte Markus plötzlich. „Was ist los?", fragte Thomas flüsternd. „Es sind keine Kerzen mehr hier auf dem Tisch."

„Das kann nicht sein.", erwiderte Thomas. „Da waren letztes Mal doch noch genügend da."

„Beim letzten Mal vielleicht, aber jetzt sind sie jedenfalls weg." Thomas kam das komisch vor. Als sie damals den Keller sauber machten, waren noch einige Kerzen auf dem Tisch. Er wüsste auch nicht, dass nach ihnen noch mal welche unten waren, um aufzuräumen.

„Dann muss es halt ohne Kerzen gehen.", meinte Markus und ging langsam weiter. Das Licht wurde immer schlechter, je weiter man den Kellerflur nach hinten ging. Markus hielt immer eine Hand nach vorne, um nicht irgendwo hineinzulaufen. Thomas folgte ihm dicht dahinter.

„Ich kann schon fast nichts mehr sehen." Markus tastete sich nur noch an den Wänden ganz langsam nach vorne. „Es ist die letzte Tür auf der linken Seite", glaubte Thomas sich zu erinnern. Markus drückte den Türgriff nach unten und versuchte sie zu öffnen. „Sie ist abgeschlossen", stellte er zu seinem Erstaunen fest. „Das kann nicht sein. Die war doch vorher auch nie zugesperrt.", antwortete Thomas und drückte Markus leicht zur Seite. Nun versuchte er sie zu öffnen. „Du hast Recht. Aber der Schlüssel steckt.", stellte Thomas durch das Abtasten der Tür fest. „Ich bin mir sicher, sie beim letzten Mal nicht abgeschlossen zu haben", sagte Markus und war davon fest überzeugt. Man konnte nichts im Raum erkennen, als sie die Tür öffneten, so finster war es. „Moment, bleib stehen", rief Thomas dann plötzlich. Er verschwand und kam kurz darauf mit der Zündholzschachtel, die vorne auf dem Tisch lag, zurück. Ganz leicht konnte man im Schimmer dieses kleinen Feuers den Tisch und die Vitrine erkennen, auf der das Buch lag. „Du musst dich beeilen. Es sind höchstens noch drei bis vier Zündhölzer in der Schachtel." Markus zog schnell den Stuhl herbei und stieg die Vitrine hoch. Er tastete den ganzen Deckel des Schrankes ab. „Das Buch ist weg!" In beiden Gesichtern konnte man ihr leichtes Entsetzten nur erahnen. „Das kann doch nicht sein.", meinte Thomas, nachdem er erneut ein Zündholz angezündet hatte. „Sicher, so groß ist die Vitrine nicht, dass ich es übersehen hätte.", kam es von Markus energisch zurück.

Er stieg wieder vom Stuhl und schob ihn unter den Tisch zurück. „Also muss außer uns doch noch jemand über dieses Buch Bescheid wissen." Als Thomas das sagte, wirkte er sogar ein bisschen ängstlich. „Aber das ist mir jetzt auch egal, lass uns von hier verschwinden", fügte er noch hinzu. Langsam gingen sie aus dem Raum und wieder vor zur Kellertreppe. Als Thomas die Streichholzschachtel auf den Tisch legte, ging plötzlich das Licht der Kellertreppe aus. Nun konnte man hören, wie oben jemand die Tür öffnete. Beide standen wie angewurzelt da und gaben nicht den geringsten Ton von sich. Im selben Moment ging das kleine Licht der Treppenbeleuchtung wieder an. Markus fasste Thomas am rechten Arm, legte als Zeichen des Schweigens einen Finger auf die Lippen und zog ihn kurzerhand unter die Treppe. Dieses Eck war so finster, dass man sie, ohne extra hineinzuleuchten, auf keinen Fall sehen konnte. Langsam hörten sie, wie die Schritte nach unten gingen. Im Kerzenlicht konnte man nur den Umriss eines Mannes erkennen, der nun mit kleinen Schritten den Kellerflur nach hinten ging. Ganz leicht schlug Thomas mit dem Ellbogen in Markus' Rippe, als er das Buch in der Hand des Mannes sah. Als dieser die Tür in den Raum öffnete und darin verschwand, kamen beide aus ihrem Versteck hervor und schlichen sich über die

Kellertreppe nach oben. Sie hielten sogar die Luft an, um ja keinen Ton von sich zu geben, und schwebten förmlich ohne das geringste Geräusch hinauf.

Nachdem sie die Tür ganz vorsichtig und leise hinter sich zugemacht hatten, gingen sie auf den Hof und lehnten sich an die Mauer des Brunnens. Beide kamen sich vor, als hätten sie gerade einen Marathon absolviert. Wer war dieser Mann, der von jenem Buch wusste? Diese Frage stellten sich beide und schauten immer wieder gespannt zur Kellertür. Der Brunnen lag nur ein paar Meter von der Tür entfernt, die ins Gebäude ging, und man konnte von hier den ganzen Flur beobachten. Die Tür zum Keller war gleich die erste auf der linken Seite. „Konntest du die Person erkennen?", fragte Thomas. Markus schüttelte nur den Kopf.

„Hat er das Buch auch nur entdeckt oder sind das vielleicht sogar seine Einträge?" Thomas schaute Markus nach diesen Worten entsetzt an. „Aber das würde ja bedeuten..." Da wurde er sofort von Markus unterbrochen. „Ja, genau, das würde es bedeuten!", sagte dieser entschlossen und richtete seinen Blick wieder zur Kellertür. Thomas wollte sich gerade umdrehen, um sich am Brunnen zu erfrischen, als plötzlich die Kellertür wieder aufging. Ihre Blicke erstarrten und sie schauten sich fassungslos an. Der Klosterbruder ging aus dem Haus und direkt in ihre Richtung. Sie versuchten so unauffällig wie möglich zu wirken, was ihnen aber nicht leichtfiel.

„Guten Morgen", sagte er in einem normalen Tonfall und nickte dabei leicht mit dem Kopf. Dann stoppte er kurz ab, sah beide an und ging wieder weiter. Ganz langsam drehten sie sich nach ihm um und erwiderten seinen Gruß. „Guten Morgen, Pater..."

Manfred Stockbauer

wurde 1965 in Passau geboren. Er lebt in der Nähe des Bayrischen Waldes. Nach seinem Schulabschluss machte er eine Lehre als Tischler und stieg später zum Lagerleiter in einem großen Möbelhaus auf. Mit zwanzig Jahren entdeckte er seine Leidenschaft für das Schreiben von Gedichten und Liedtexten. Er absolviert zurzeit ein Autorenstudium in Darmstadt.

© Pongratz Foto

Brandungswellen
Susi Münch

Die Ehe von Bernd Detering steht vor dem Scheitern. Weder beruflich noch finanziell kann er das Risiko einer Scheidung auf sich nehmen. Von seinem Doppelleben, so denkt er, weiß die Familie nichts.
Um seine Ehe zu retten, schenkt Bernd seiner Frau Steffanie zum Geburtstag eine Wochenendreise auf die ostfriesische Insel Spiekeroog … ein letztes gemeinsames Wochenende …

ISBN 978-3-85022-127-6 · Format 13,5 x 21,5 cm · 158 Seiten
€ (A) 15,90 · € (D) 15,50 · sFr 28,50

novum
VERLAG

Das Refugium des Jonathan Kasper

Reinhard Georg Leprich

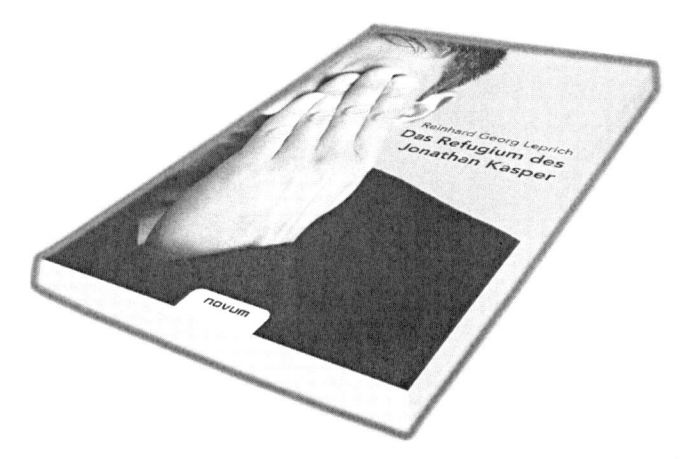

Hals über Kopf verlässt Jonathan Kasper seine Frau und seine beiden Kinder. Ohne ein Wort des Abschieds, ohne Hinweis auf seinen zukünftigen Aufenthaltsort. Mehr wie fünf Jahre später macht ihn sein Sohn durch Zufall in einer Gastwirtschaft ausfindig. Warum hatte Jonathan Kasper seine Familie damals verlassen? Welch dunkles Geheimnis birgt seine überhastete Flucht?

ISBN 978-3-902536-90-7 · Format 13,5 x 21,5 cm · 82 Seiten
€ (A) 15,90 · € (D) 15,50 · sFr 28,50

Single, männlich, ohne Fehler
Aber welche Frau will schon den perfekten Mann?
Klaus-Günther Rimpel

Gottfried ist Anfang 30, konservativ und Junggeselle. Er ist immer akkurat, meist schüchtern und manchmal etwas unbeholfen – vor allem wenn es darum geht, die Liebe seiner schönen Nachbarin zu gewinnen ...

Humorvoll, hintersinnig und mit einer gesunden Prise Ironie: die ganz alltäglichen Sehnsüchte des Junggesellen Gottfried.

ISBN 978-3-902536-93-8 · Format 13,5 x 21,5 cm · 86 Seiten
€ (A) 13,90 · € (D) 13,50 · sFr 25,10

novum
VERLAG